등산 시렁

등산 시렁

윤성중 글·그림

등산이 싫은 사람들의
마운틴 클럽

안온

산에 한번 가보실래요?

　　요즘 수도권 지하철은 멀리 간다. 북쪽으로는 강원도 춘천을 비롯해 남쪽으로는 충청남도 아산까지. 졸음운전 걱정 없이 낯선 도시로 여행을 떠날 수 있다. 명절이면 이 편리함이 더 크게 느껴진다. 나의 '큰집'은 아산에 있다. 4호선을 타고 가다 1호선을 갈아타면 금정역부터 지상을 달리게 된다. 그 전까지는 책도 보고 깜박 졸기도 하다가 1호선부터 정신을 차린다. 사람이 줄어 객차도 비교적 여유롭다. 1호선의 통창은 바깥 풍경이 가림 없이 들어온다. 나는 이 사실을 군포역으로 가는 도중에 깨달았다. 방음벽이 사라지고 각종 건물과 아파트들이 멀어지면서 시시각각 다른 풍경이 상영되는 최첨단 디지털 갤러리가 나타난다.

　　나는 지하철을 타고 가면서 차창으로 산이 보일 때마다 곧바로 앱으로 산 이름을 검색한다. 군포역에 이르러 나타난 뾰족한 산은 모락산(385.8미터)이다. 조선시대 임영대군이 수양대군을 피해 여기로 왔다는 기록이 있다. 진위역과 송탄역 사이에는 낮으면서 평평한 산이 쭈욱 이어진다. 마등산, 개락산, 송장산, 목골뿌리산, 달박산, 무봉산, 봉배산, 각골산, 오리골산 등 작은 산들이 어깨를 맞대고 있다. 성환역에 도착하기 전에 울퉁불퉁한 능선 아래로 평야가 펼쳐진다. 멀리 꽤 높은 산이 보이는데, 바로 서운산(548미터)이다. 서운산 너머에는 국가대표 선수촌으로 유명한 진천군이 있다. 직산역을 지나며 작게 솟은 야산은 성산(176.1미터)이다. 우리 동네 뒷산과 비교해도 5분의 1 수준이지만 여기에는 충청남도 기념물 제104호 직산 사산성이 있다. 산성에서 5~6세기 백제와 고구려 관련 유적이 출토된다. 성산 뒤로 서운산이 빼꼼 이어져 있다. 천안에 이르면서 멀리 덩치가 꽤 큰 능선이 보이는데 위례산(523미터), 성거산(579미터)이 나란하다. 이천시와 진천군을 감싸는 능선으로 이천평야에서 나오는 질 좋은 쌀의 원천이다.

여기까지가 나만의 마운틴 갤러리다. 이후부터는 사람이 많아져 다시 복잡해진다. 차창을 액자처럼 감상하면서 오니 시간이 금세 흘러간다. 눈에 띄는 산과 휴대전화로 확인한 지도 속의 산을 대조하는 것도 재미있다.

앗, 나 정말 산을 좋아하나 보다.

　'등산 시렁'이라는 이름은 2021년쯤 나왔다. 《월간山》의 이재진 편집장이 연재를 제안했고, 며칠 고민 끝에 '산에 가서 등산만 하고 오는 건 싫은 남자의 등산 중 딴짓'이라는 부제를 덧붙여 '등산 시렁'을 써보겠다고 했다 (이 제목은 아내의 입김이 많이 닿았다). 편집장은 웃었다. 등산 잡지사 기자가 등산이 싫다니! 그는 얼떨떨한 표정을 짓기도 했는데 결국 "해봐" 하면서 승낙했다. 이후 나는 미친 듯이 썼다. 지면을 채울 그림도 직접 그렸다. 기존 등산 잡지사에서 쓰던 '문법'은 모조리 무시했다. 지하철 차창 밖으로 지나가는 산을 구경하는 것도 등산이라고 주장했고, 난생처음 등산을 끔찍하게 싫어하는 사람도 인터뷰했다.

　그 와중에 '나는 산을 진짜 좋아하는 걸까?', '나는 왜 산에 다닐까?' 하면서 자주 자문했다. 아버지를 따라 어렸을 때부터 산에 다녔다. 주변에서 '산악인' 소리를 듣기 시작한 건 고등학교 산악부에 가입하면서부터다. 이후 내 인생은 '산'과 밀접해졌다. 대학교 때도 산악부 활동을 했고, 여러 등산학교 교육을 수료했다. 졸업 후 등산 잡지사에 입사했다. 결국 한국의 대표 등산 잡지사 세

곳에서 일했다. 이것은 분명 산 좋아하는 사람의 이력이다. 사람 자체가 '산'이라고 봐도 될 만하다. 그러니까 저 물음에서 가리키는 '산'은 어쩌면 '나'를 뜻하는 것일 수 있고 《등산 시렁》에 나오는 내용들은 '나'를 탐색하는 과정이라고 할 수도 있다.

누군가가 물었다. "책이 나왔으니 연재는 끝나나요?" 나는 "아니"라고 답했다. 내가 진짜 산을 좋아하는지, 산에 왜 다니는지에 관한 뚜렷한 답은 아직 얻지 못했다. 그리고 산에서 벌일 이상한 계획들이 머릿속에 여전히 가득하다. 그것들을 떠올리니 또 설렌다. 등산 시렁 산악회를 더 본격화해볼까? '나를 탐색하는 마운틴 클럽'이라고 부제를 덧붙여야겠다. 자, 등산 시렁 산악회에 가입하실래요? 함께 산에 한번 가보실래요?

2024년 겨울

등산 시렁 산악회 대장 윤성중

차례

1

고르지 않은
땅을 걷는 연습

'등산 시렁' 산악회 결성
천천히는 무적이에요!

  '등산 시렁' 산악회가 결성됐다. 등산을 싫어하는 사람들이 모여서 산에 가는 모임이다. 멤버는 단 세 명, 나를 뺀 둘은 그래픽 디자이너고 전 회사에서 같이 일했다. 등산을 싫어하는 두 사람을 줄로 묶은 다음 억지로 산에 끌고 가 '산악회' 이름까지 붙인 건 아니다. 어느 날 셋이 모였을 때 나는 내가 쓰고 있는 칼럼에 관해 떠들었고, 말이 끝나갈 때 즈음 "산에 한번 가실래요?"라고 미끼를 던졌는데, 그들이 "좋아요!"라며 덥석 물어버렸다.

  순간 둘의 얼굴에서 '앗! 진짜로?' 하는 표정이 스쳤지만 나는 그들이 도망가지 못하도록 그 자리에서 산에 갈 날짜를 정해버렸다. 월척이었다. 그렇게 산악회가 만들어졌고 나는 '대장'이 됐다. 산을 싫어하는 사람들의 등산 모임! 아마도 세계 최초이지 않을까 싶어 (나만) 신이 났다.

  산행지는 서울특별시 서대문구의 안산(295.9미터)으로 정했다. 지하철역에서 산 입구까지 걸어서 약 5분, 꼭대기까지 올라가는 데 한 시간 정도 걸리는, 내 기준 등산 난이도 '하'급에 해당하는 산이었다. 동시에 정상에 올랐을 때 꼭대기에서의 경치가 꽤 볼만한, 등산 싫어하는 사람을 등산 좋아하는 사람으로 변신시키는 데 제격인 산이었다.

점심 무렵 지하철 3호선 독립문역에서 둘을 만났다. 만나자마자 밥을 '먹었다'. 밥 먹고 커피도 마시자고 했는데 그들은 "됐다"며 거절했다. 얼른 산에 가고 싶은 건가? 긴장한 건가? 산 입구에 도달하기 직전 집에 가겠다고 할까 봐 세심하게 살폈다. 아주 조심스럽게 둘에게 물었다. "등산이 왜 싫죠?"

방소영의 대답. "산을 싫어하진 않아요. 단지 조금 무서워요. 얼마 전 아는 사람이랑 북한산에 갔는데, 낙엽이 수북하게 쌓인 길을 걷다가 으스스한 기분이 들었어요. '여기서 사람이 죽어도 모르겠다', '낙엽 더미 안에 시체를 묻어도 절대 못 찾겠다'는 생각이 들었어요."

다음은 최민아의 대답. "초등학생 때 아빠를 따라 불암산에 간 적이 있어요. 산에 가는 건 좋았어요. 그런데 다 내려와서 아빠가 다리에 알 밴다고 오리걸음을 시켰어요. 그게 너무 싫어서 그 이후로 산에 가기가 진짜 싫었어요!"

나는 그들이 가지고 있는 산과 관련된 무섭고 힘든 기억을 낮게 하기 위해 일일 약사가 되어야 했다. 약을 발라주고 상처를 아물게 하자! 방법은 쉬웠다. 천천히 가는 것이다. 필살기인 끊임없이 질문하기 기술을 쓰려고 서서히 발동을 걸었다. 무악재 하늘다리 초입에 도착했다. 오르막 경사가 꽤 가팔랐다. 그들이 "저길 어떻게 오르냐"면서 물러설까 봐 내가 먼저 선수쳤다.

"저런 오르막 때문에 산에 가기 싫은 거죠?"

"그렇긴 하죠. 몸이 힘드니까."

아주 천천히 계단을 올랐다. 둘은 군소리 없이 따라왔다. "더 천천히 갈까요?" 다섯 걸음을 걷고 멈췄다가, 또 네 걸음 걷고 멈추기를 반복했다. 그러자 최민아가 말했다. "오, 이런 배려 좋아요. 눈치 안 봐도 되네요!" 천천히의 효과는 대단했다. 힘들이지 않고, 마치 염력을 쓰듯 나는 두 사람을 더 깊은 산속으로 끌어당겼다.

숲이 울창했다. 가운데로 길이 선명했다. 정비가 잘되어 있었다. 하지만 인적이 드물어 방소영은 그게 좀 무서운 것 같았다. 그녀가 말했다. "이것 봐요. 분위기 이상해. 이런 데 어떻게 혼자 와요? 성중 씨는 아무렇지도 않아요?" 나는 그녀의 불안함을 잘 이해하지 못했다. 수상한 사람이 나무 뒤에서 튀어나와 총을 들이밀고 꼼짝 말라고 하면 나는 '저게 진짜 총일까?' 궁금할 뿐 무섭진 않을 것 같았다. 그녀의 공포심은 어디서 비롯된 걸까? 그녀가 나처럼 어딜 가도 무서워하지 않으려면 어떻게 해야 할까? 사람을 믿어야 할까? 체력을 길러야 할까? 산을 더 많이 타야 할까? 성향이나 신체적 조건 탓은 아니리라. 나는 그제야 이것이 남자와 여자의 처지 문제에서 기인한 것일지 모른다는 생각을 했다.

내가 할 수 있는 말은 많지 않았다. 그녀를 안심시키고 싶어 허세를 부렸다.

"저는 전혀 무섭지 않은데요. 저 밑에는 차가 쌩쌩 지나다니고, 아파트가 코앞이니 길 잃을 염려는 없고. 설마 누군가 갑자기 나타나서 우리를 해치겠어요?"

그녀가 안심했는지는 잘 모르겠다. 조금 더 가니 길이 널찍해졌고 사람들도 오갔다. 방소영은 다시 쾌활해졌다.

무악재 하늘다리 앞에 다다랐다. 고도가 높았다. 고소공포증이 없는지 두 사람은 성큼성큼 다리를 건넜다. "서울에 이런 곳이 있었네!" 연신 감탄하면서. "원래 이 산들이 다 연결되어 있었다는 걸 아세요? 이 산길을 따라서 북한까지도 갈 수 있어요!" 내가 말하자 그들은 더 놀랐다. 작년에 안산에서 산양의 흔적이 발견됐는데, 무악재 하늘다리를 통해서 건너온 것으로 짐작한다는 말

은 잊어버리고 하지 못했다.

다리를 건너자 급한 오르막이 나왔다. 그들이 오르막에 눈길을 주기 전에 질문을 던졌다. "두 분은 왜 디자이너가 됐죠?" 최민아가 답했다. "저, 만화 그리다가요. 그걸 가지고 포토숍으로 디자인하다가 디자이너가 됐어요." 방소영이 말했다. "저도 그림 그리다가 칭찬받고 여기까지 왔어요."

"두 분 다 자연에서 영감을 얻지는 않나요?" 나의 물음에 방소영이 답했다. "경력이 오래돼서 그런가? 이제는 머리로 일하는 게 아니라 손으로 하는 것 같아요. 일을 받으면 자동으로 움직여요. 그래서 요즘엔 '나 이거 했다'면서 자랑하고 싶은 작업이 얼마 없어요."

최민아도 말했다. "영감이요? 저는 그런 거 없어요." 최민아는 자연에서 얻는 영감에는 관심이 없었고 자신이 '진짜' 자연 속에 있다는 걸 신기하게 여겼다. 그녀는 이렇게 말했다. "와, 어제까지 툼 레이더(모험을 소재로 한 게임 이름) 했는데, 오늘 게임하고 비슷한 배경을 만날 줄이야!"

힘든 길을 무사히 통과했지만 두 사람은 바위 구간 앞에서 멈췄다. 얼어붙은 듯 가만히 서 있었다. "저길 우리가 오를 수 있을까요?" "문제없어요! 멀리서 보면 어려워 보이는데, 가까이 가서 보면 길이 있어요. 천천히 가면 됩니다. 천천히는 무적이에요!"

내가 앞장섰다. 물 건너기 싫은 염소를 물가로 끌고 가듯 보이지 않는 줄로 두 사람을 묶은 다음 바위 아래로 천천히 다가갔다. "아, 이렇게 가면 되겠구나!" 두 사람은 더듬거리며 잘 올랐다. 바위 구간이 끝나고 중턱에 올라서자 둘은 곧바로 주저앉았다. 경치가 좋았다.

"어때요? 괜찮아요?" 나는 두 사람의 상태를 살폈다. 방소영이 답했다. "일주일에 3회 정도, 아침마다 한강으로 산책 가는데 너무 좋아요. 여기도 좋네요. 하지만 이런 풍경에 평지면 더 좋을 텐데." 최민아도 말했다. "헬스장 온 것보다 더 좋긴 해요. 그런데 저는 열이 차면 머리가 아파요. 머리 아픈 거 빼면 다 좋을 것 같아요." 그러면서 보온병을 꺼내 물을 홀짝였다. 얼려온 물이 녹지 않아서 마실 게 얼마 없었다. 나는 가지고 온 수통의 물을 그녀에게 나눠줬다. 그녀의 얼굴이 활짝 펴졌다. 그녀는 소리를 질렀다. "지금! 너무 좋아요!"

잠시 쉬었다가 정상으로 향했다. 10분 정도 올라가니 봉수대가 나왔다. 바로 옆에 인왕산이 보였다. 멀리 북한산, 관악산이 또렷했다. 나는 등산 가이드처럼 손가락으로 봉우리들을 짚으며 이름을 읊었다. 둘은 또 감탄했다.

"서울에 산이 많구나!", "저기는 우리가 사는 데구나!" 해발 200미터밖에 되지 않는데도 그들은 굉장히 높은 곳에 올라온 것처럼 신기해했다.

정상에서 한참 머물다가 우리는 서대문형무소 쪽으로 내려왔다. 방소영은 목욕탕에 간다고 했다. 최민아는 집에 가서 일단 눈 좀 붙이겠다고 했다. 다음 날, 방소영은 최민아와 나눈 메시지를 단톡방에 공유했다.

방소영 피곤하진 않고 또 가고 싶네 종종.

최민아 와;;; 저도요! 등산!

방소영 함께하자! 둘 다 일 없는 날.

최민아 저희 한 달에 두 번은 도전해봐요. ㅎㅎ

방소영 김밥 하나 싸가지고 가서, 위에서 먹고.

최민아 너무 좋아요. ㅎㅎ

방소영 코스가 남산보다 재미난 것 같아.

최민아 조금씩 체력도 늘려보고, 아프면 아픈 대로, 이번엔 반복해서 극복해보고 싶네요.

'등산 시렁' 산악회 1회 모임은 완벽하게 성공했다. 하지만 고민이 생겼다. 산악회 이름을 '등산 좋아'로 바꿔야 하는 게 아닐까?

산을 싫어하는 사람과의 산행

나도 모르게 여기까지 왔어

산에 가는 걸 죽도록 싫어하는 사람을 인터뷰했다. 그동안 산 좋아하는 사람만 수두룩하게 만났다. 산을 싫어하는 사람과 산에 관해 이야기한 건 처음이었다. 산을 미워하는 그의 이름은 윤범식. 우리 회사 디자이너다. 매달 발간되는 《월간 山》(이하 《월간 산》)을 만든다. 편집부에서 그에게 글과 사진을 주면 그걸 가지고 뚝딱뚝딱 '책'을 만든다. 그는 《월간 산》에서 일하지만 산을 굉장히 싫어한다. "산에 한번 가죠"라고 청하면 고개를 크게 가로젓는다. 그에게 몇 번 더 똑같이 물었다. "산에 한번 가죠." 그가 대답했다. "아, 싫다니까!"

그는 왜 산을 싫어할까? 매달 산 사진과 글을 봐서 질린 걸까? 어떤 트라우마가 있나? 궁금했다. 그래서 꼬셨다.

"'등산 시렁'이라는 코너가 있는데요, 여기에 선배가 등장하면 딱이에요."

몇 달 동안 그의 귀에 대고 노래를 불렀다. 마침내 그가 허락했다. "그래. 가자, 가!"

쉬운 산을 골랐다. 높은 산에 가서 나쁜 기억을 심어 주면 정말 죽을 때까지 산에 가지 않을 수 있으니까. 그의 집 뒤에 있는 목골산(165미터)이 눈에 띄었다. 여차하면 목골산 넘어 관악산까지 그를 끌고 가야겠다고 계획했다. 그는 이 동네에서 약 7년을 살았지만 목골산에 올라본 적이 없다고 했다. 집 뒤에 산이 있다는 건 알고 있었지만 그것이 산인지 흙더미인지 알 바 아니었다. 그렇지만 그는 산악인처럼 생겼다. 흔한 말로 '소도둑' 같은 인상이다. 키는 180센티미터가 넘고 몸무게는 90킬로그램에 이른다. 그의 얼굴을 가면처럼 쓰고 나가면 평생 길에서 시비 붙을 일은 없을 것 같다. 무뚝뚝하게 보이지만 수다쟁이다. 만나자마자 전날 있었던 일을 들려주었다.

"어제, 가족들이랑 심리 상담 받았어. 나무를 그리래서 그렸는데, 나보고 자아가 약하대. 눈물이 줄줄 나오더라니까. 좋았어. 너도 받아봐."

"오, 그래요? 어떻게 그렸어요? 여기 한번 다시 그려보세요."

나는 그에게 수첩을 건넸다. 그가 슥슥 그렸다. 디자이너가 그린 나무 같지는 않았다. 매우 투박하고 화가 난

듯한 나무였다. 나무가 뜻하는 것이 무엇인지 몰라서 그냥 넘어갔다.

"집 뒤에 산이 있다는 건 알고 있었어요?" 내가 묻자 그가 답했다. "알고 있었지. 아내하고 아이들은 가끔 가더라고. 집 뒤로 올라가서, 호암사? 거기까지. 갈 때마다 애들이 "아빠, 같이 가" 하는데, 그때마다 "아빠는 산 싫어해. 잘 다녀와"라고 얘기해."

"오늘은 그럼 굉장히 영광스런 날이군요! 그런 사람을 데리고 산에 가다니."

"……."

그를 천천히 집 뒤로 유인하며 계속 말을 걸었다. "산이 대체 왜 싫죠?" 그가 대답했다.

"네가 항상 얘기했잖아. 힘든 걸 넘어섰을 때 어떤 쾌감이 있다고. 나는 아직 그런 걸 느껴보지 못했고, 그 뭔가가 뭔지 알고 싶지 않아. 나는 위험한 게 싫어. 올라가는 것보다 내려가는 게 더 힘들고 위험한 것 같아. 그 위험을 감수하면서까지 굳이 그 뭔지 모를 쾌감을 찾아야 해? 육체적인 에너지를 소모하면서까지 어떤 결과물을 얻고 싶지는 않아. 그렇게 힘들이지 않아도 나는 지금 만족해. 고소공포증도 있어. 《월간 산》 만들면서 여러 번 봤는데, 절벽 위에 사람이 서 있는 사진만 봐도 오싹하다니까."

"그런데 바다낚시는 가끔 가잖아요. 바다도 위험한데."

"물에 대한 공포는 없어. 그리고 배에서는 구명조끼를 입잖아. 배가 뒤집어져도 물에 뜰 수 있지. 아, 어렸을 때 보이스카우트를 했는데, 알펜시아에서 야영을 했어. 거기 수영장에 갔다가 빠진 적이 있는데, 그것 때문인가? 민물낚시는 또 안 가."

위험 감지 능력이 남다른 그는 대학 전공을 살려 디자이너로 18년간 일했다. 처음에는 충무로의 작은 디자인 스튜디오에 있다가 '디자인하우스 DES팀'으로 넘어갔다. 거기서 대한항공 기내지 《모닝캄MorningCalm》 아트 디텍터를 맡았고, 《모닝캄》이 다른 회사로 넘어갈 때 그도 따라갔다. 7년 동안 《모닝캄》 디자인을 책임지다가 코로나 타격으로 《모닝캄》이 휴간하며 퇴사. 'KTX매거진팀'으로 옮겼고, 역시 코로나 때문에 회사가 망해서 《월간 산》으로 왔다. 결국 《월간 산》에서 나를 만나 평생 오를 생각 없던 산에 오르게 됐다. 그로서는 참 귀찮은 일이었을 테지만 나는 여기서 인간의 힘으로 어쩌지 못하는 운명의 힘을 감지했다. 어쨌든 오르막 구간에 진입했다는 걸 그가 눈치채지 못하도록 계속 말을 걸었다.

"최근에 선배를 자극한 게 뭐죠? 예를 들면 어떤 그림이나 작품을 보고서 '와! 이거 멋있다'면서 흥분하게 만든 거요."

"그런 거 없는데."

"그럼 디자인 작업할 때 주로 어떤 걸 참고하세요? 영감을 주는 게 뭐죠?"

"핀터레스트?"

"본인만의 작업을 할 계획은 없어요?"

"없어. 나는 아티스트가 아니야. 나는 클라이언트 잡을 하는 사람이야. 그 정도 레벨의 사람이 아니야. 현실에 충실하다고 할까? 현실이 없으면 미래가 없잖아. 지금 만족하면 그걸로 끝이야. 내가 만족하고 클라이언트가 만족하면 끝!"

"그럼 선배에게 만족감을 주는 게 뭐죠?"

"지금 제일은 돈. 《KTX매거진》이 휴간하면서 일자리를 잃었어. 그때 멘탈이 상당히 나갔었거든. '내가 뭘 잘못했지?' '내가 가장인데, 아내하고 애들은 어떡하지?' 하면서."

"그 기분 알 것 같아요. 친구들을 데리고 산에 갔는데, 길을 잃어버렸을 때랑 비슷한 거군요? 친구들은 나만 믿고 산에 왔는데, 그들이 불안해할까 봐 필사적으로 길을 찾는 느낌?"

"맞아."

"그래서 산에 다닐 여유가 없었군요?!"

"그런가? 굳이 그렇게 연결할 필요는 없을 것 같은데."

오르막이 끝났다. 우리는 나란히 벤치에 앉았다. 날파리가 얼굴 주변에서 앵앵댔다. 그래도 그는 가만히 있었다. 모기가 이마에 달라붙었는데도 가만히 있었다. 말을 많이 시켜서 넋이 나간 듯 보였다.

"지금 산에 왔다는 느낌이 있어요?"

그에게 물어봤다. 그는 대답했다.

"아니, 산에 온 것 같지 않아. 나도 모르게 여기까지 왔어."

우리는 더 올라갔다. 길이 넓어졌지만 나란히 걷기엔 좁았다. 잠시 말 없이 걸었다. 그의 입에서 거친 숨소리가 들리는 것 같아 재빨리 질문을 던졌다.

"종교는 뭐죠?"

"없는데, 교회보다 나는 절이 좋아."

"왜요?"

"절은 대부분 경치가 좋은 데 있으니까."

"오, 절은 또 대부분 산에 있는데, 산에 간 적이 있나 보죠? 저한테 뭘 숨긴 거예요?"

"아, 하동 쌍계사에 간 적 있어. 잡지사 일 때문에. 일출 찍어보겠다고 올라간 적이 있긴 하네."

질문거리가 떨어져서 침묵의 시간과 마주하기 전에

목골산 정상에 섰다. 숲이 에워싸 경치가 보이지 않았다. 이 점이 아쉬웠지만 인증 사진은 찍어야 했다.

"선배, 저기 나무 앞에 서보세요."

마침 비행기가 지나가고 있었다. 선배와 숲과 비행기가 휴대전화 카메라에 담겼다. 그는 눈치채지 못했겠지만 나는 이것 역시 굉장한 우연, 운명이라고 느꼈다. 비행기(《모닝캄》)와 산(《월간 산》) 사이에 서 있는 윤범식이라니.

목골산에서 내려와 그의 집 앞에 다다랐을 때 물었다.

"선배 인생 공식 첫 산행 어땠어요?"

그는 아무 말 없이 그냥 웃었다.

이우성 시인과 비밀 장소에서 나눈 잡담

바람이 가져다주는 것들

가끔, 이 세상에 절대로 일어나지 않을 법한 사건들을 상상한다. 예를 들면, 나를 정말로 싫어했던 옛 직장 동료와 단 둘이 한 달 동안 자동차를 타고 미국 횡단을 한다든가. 포장마차에서 혼자 조개탕에 소주 한 병을 다 마신다든가(나는 술을 정말 못한다). 등산을 정말로 싫어하는 사람과 함께 산에 오르는 것 역시 그런 상상 중 하나였다. 한번 해보니 어렵지 않게 느껴졌다. 통화 버튼을 눌렀다.

"형, 이번 주 저랑 등산 안 할래요?"

"그래 좋아! 언제? 어디?"

"어, 어. 그게 말이죠. 저기."

예상치 못한 승낙! 이렇게 쉬운 일이었다니. 전화를 받은 사람은 이우성 시인. 그는 원래 산을 좋아했을까? 어안이 벙벙해 말을 더듬었다.

"불암산이요! 이번 주 토요일 아침 7시까지 우리 집으로 오세요."

"그래."

주제를 바꿔야 했다. 산을 싫어하는 사람과의 산행이 아니라 '시인'과의 산행으로.

이우성 시인과 알고 지낸 지는 5년 정도 됐다. 전 직장 선배다. 그는 글을 이상하게 쓰는데 재미있다. 나만 이렇게 느끼는 건 아닌 것 같다. 나보다 만 배 정도 더 유명하니까. 인기 작가와 불암산에서 산행을 하다니. 자랑하고 싶었지만 옆에 아무도 없었다. 방에 있는 아내에게만 들릴락 말락 외쳤다. "우성이 형 온대."

아내는 좋아했다. 또 산에 가냐고 타박하는 대신 이렇게 대답했다.

"집에 들러서 식사하고 가시라고 해."

마침내 그가 왔다. 피곤한 얼굴이었다. 그는 시인이자 사업가다. 광고대행사와 카페를 운영한다. 나와는 비교할 수 없을 만큼 바쁘다. 세상에 저렇게 정신없이 일하는 사람이 또 있을까. 내가 그였다면 벌써 머리가 돌아버렸을지도 모른다. 그러니 그가 이른 아침 우리 동네에 나타난 건 기적 같은 일이었다. 최대한 상냥하게 그를 불암산 입구로 안내했다. 산에 들어서자마자 그는 감탄했다. 이어서 따발총처럼 말을 쏘아댔다.

"와, 너 좋은 데 사는구나. 집 뒤에 이런 곳이 있다니. 나도 여기 집 사려고 했는데, 사람들이 싫어하더라고. 여긴 너무 외진 느낌이라나? 봐봐. 산들이 둘러싸고 있잖아. 여긴 마치 지방의 작은 분지 같아. 시내로 나가는 길이 저 길 하나라고. 와, 그런데 너무 좋다. 나는 상계동이 좋아. 정말 좋아. 물론 지금 사는 데도 좋지만. 회사하고 가까워. 강남까지 30분이 절약되더라고."

그를 데리고 철쭉 동산에 올랐다. 나도 마구 떠들었다.

"여기 좋죠? 작년에 트레일러닝 하는 사람들이 여기 무진장 많이 왔어요. 가수 선도 오고. 러닝 전도사 안정은 씨도 오고요. 지금은 공사를 해서 그때보다 훨씬 더 좋아진 거예요. 저기가 우리 집이에요. 여기서 한눈에 다 내려다보인다고요."

더 이상 자랑할 게 없어서 그를 데리고 으슥한 산길로 들어섰다. 길 옆에 소파가 있었다. '이상하네, 누가 버린 건가?' 생각하고 있었는데 이우성 시인이 말했다.

"나는 항상 저런 게 궁금해. 저게 대체 왜 여기 있는 걸까? 밤에 가져다놓은 걸까? 낮에 버린 걸까? 혼자서 들고 왔을까? 누구랑 같이 와서 옮긴 걸까?"

"그러게요."

우리는 계속 올라갔다. 오르막이 가팔랐다. 그는 헉헉대면서도 멈추지 않았다.

"우리 어디까지 가는 거야?"

"어디까지 갈까요? 제가 봐둔 '비밀 장소'는 여기서 30분 정도 더 올라야 하고요. 아니면 여기서 5분만 걸으면 절터가 나오니, 거기서 김밥 먹고 내려가도 되고요."

"아무 데나 가자!"

절벽 옆 절터에 도착했다. 분위기가 이상했다. 바위 위에 음식 같은 게 올려져 있었다. 좀더 올라가니 무당처럼 차려 입은 여자 셋이서 동굴 앞에 무릎을 꿇고 있었다. 등골이 오싹했다. 뒤를 돌아 그의 표정을 살폈다.

"여기서 김밥 먹을까요?"

"여기는 우리가 있으면 안 될 것 같아. 다른 데로 가자."

우리는 절터에서 내려왔다. 결국 비밀 장소까지 더 걷기로 했다. 그는 이때까지도 힘들어하지 않았다. 힘이 남아서인지 쉴 새 없이 이야기를 쏟아냈다.

"나 예전에 불암산에 왔던 적이 있어. 군대 가기 전이었는데, 바위 절벽이 나타나는 거야. 어렸을 때니까 그냥 붙어봤지. 등산로 다 필요없다! 저기로 올라가보자! 하고 친구하고 같이 바위에 붙었는데, 와! 생각했던 것과 완전히 다르더라고. 붙어보니까 발이 안 떨어져. 무서워서 올라가지도, 내려가지도 못하고 벌벌 떨었어."

"그래서 어떻게 내려왔어요?"

"바위에 등을 대고 돌아누우니까 신기하게 안 미끄러지는 거야. 그렇게 슬금슬금 내려왔지."

바위에서 굴러 떨어져서 심각하게 다쳤다거나, 누군가 '짠' 나타나서 구해줬다거나 하는 드라마틱한 이야기를 기대했는데, 그의 이야기는 "내려왔지"에서 끝났다. 영양가 없는 얘기가 이어질 것 같아서 나는 더 이상 대꾸하지 않았다.

약수터를 지나서 비밀 장소에 도착했다. 그는 여전히 쌩쌩했다. 여기까지 오면서 쉬지 않고 말했다. 해병대 시절 얘기, 해병대에서 축구한 얘기 말고도, "아, 여긴 전에 와봤어", "여기가 아닌가?" 등등. 우리는 절벽 끝에 서서 경치를 즐겼다. 한동안 그는 조용했다. 상계동과 얽힌 자신의 옛일을 떠올리는 것 같았다. 말이 끊어진 것이 어색해서 기자가 인터뷰하듯 자세를 고쳐 앉고 질문했다.

"형, 사업을 시작하기 전과 후를 비교했을 때 어때요? 누군가가 사업을 하는 건 빠른 속도로 달리는 버스를 운전하는 것과 같다고 했거든요. 빠르게 달리는 게 겁이 나지만 도중에 절대 멈출 수 없는 그런 것일까요?"

그는 "훗" 웃으며 대답했다.

"나도 가끔 연예인들 인터뷰할 때 이런 질문을 하긴 하지만, 너무 포괄적이다. 그래도 얘기를 해보자면, 나는 일단 빠르게 달리는 건 아니고 느린 기차 정도 되려나? 기차에 타는 승객들은 직원들이잖아. 뭐, 우리 직원들 다 좋아. 내 기차에 오래 타고 있는 손님도 꽤 있고."

다음으로 자신의 경영 철학을 들려줬는데, 꽤 근사했지만 어떤 말이었는지 잊어버렸다. 고개를 끄덕이며 경청할 정도로 멋졌다는 기억만 남아 있을 뿐. 우리는 계속 수다를 떨었다. 영양가가 있든 없든, 뒷담화 앞담화 가리지 않고 떠들었다. 그와 이렇게 대화를 나눈 것은 거의 처음이었다. 시끄러웠던 모양인지 까마귀가 "까악!" 소리 지르면서 날아갔다. 산행할 때 말고 또 언제 이런 식으로 누군가와 얘기할 수 있을까? 카페에서? 술집에서? 낚시터에서?

산에서 나누는 이야기는 다른 곳에서 이뤄지는 대화와는 좀 다른 것 같다. 왜냐하면 여긴 나무가 있고 풀이 있으니까. 개미가 지나다니기도 하고 새들이 머리 위로 휙 날아가기도 하니까. 또 바람이 불고 바람이 아래 마을

로 뭔가를 쏠어다가 던지는 광경을 구경할 수 있으니까.
분명 이런 것들이 우리를 다른 식으로 건드리는 게 분명
했다.

세상을 향해 작은 공 날리기

마침내 방송 출연?

어느 날, 모르는 번호로 전화가 왔다. 수화기 너머로 처음 듣는 목소리가 흘러나왔다.

"여보세요, 윤성중 기자님이죠?"

"네, 전데요. 누구시죠?"

"네, 저는 KBS 춘천 〈아마도 마지막 존재〉의 안효진 작가입니다. 잠깐 통화 괜찮으세요?"

"네, 괜찮습니다."

작가는 내가 필요하다고 했다. 방송에 나와달라는 것이다. 〈아마도 마지막 존재〉는 시사 교양 프로그램으로 오늘날 사라지고 있는 것들을 다룬다. 그러니까 더 이상 쓸모가 없어 사람들의 관심 밖에 있는 것들이 프로그램 소재인 것이다. 이번에는 '약수터'를 소개한다고 했다. 안효진 작가는 작년 《월간 산》 9월호에 내가 쓴 〈멸종 위기 약수터, 안녕하십니까?〉를 봤다고 했다. 프로그램 게

스트로 내가 적격이라는 것이다. 굉장히 놀랐지만 나는 차분한 척했다. 이미 이런 경험이 여러 번 있다는 듯이. 매우 귀찮게 됐다는 듯이. 또 조금 많이 바쁜 것처럼.

"아, 그러십니까? 생각 좀 해보겠습니다. 언제까지 답 드리면 될까요?" 몇 시간 뒤 나는 출연하겠다고 작가에게 전화했다.

다음 날, 안효진 작가에게 다시 전화가 왔다.

"촬영이 두 번 진행될 거예요. 강원도 인제의 개인약수에서 한 번, KBS 춘천 스튜디오에서 한 번이요. 방송 분량은 40분 정도고요, 40분 내내 기자님이 등장할 거고요. 괜찮을까요?"

"40분 내내 제가 TV에 나온다고요?"

나는 또 한 번 놀랐다. 하지만 그렇지 않은 척했다. 나는 곤란하지만 특별히 시간을 내겠다는 투로 답했다. 아주 대범하면서도 차분한 분위기로.

"흠, 알겠습니다."

일의 규모만 달랐지 방송국 작가와 등산 잡지사 기자는 하는 일이 비슷한 것 같았다. 어떤 콘텐츠를 만들지 기획하고, 사전 취재를 하고, 거기에 맞는 사람을 섭외하고, 날짜를 잡고 만나서 촬영하고 돌아와서 영상이든 글이든 정리하고, 책이든 방송이든 '발행'하고. 안효진 작가의 하이톤 목소리에서 방송국 일이 착착 진행되고 있다는 느낌을 받았는데, 몇 번이고 나에게 계속 전화하는 것을 보니 그 일은 잡지사 일보다 몇 배 더 피곤할 것 같았다. 그러면서 나는 또 이것이 이렇게까지 할 일인가? 좀더 깊이 생각했다. '요즘 누구도 관심 없는 약수터에 많은 시간과 돈, 체력을 쓰는 것이 합리적인 일인가? 이게 과연 21세기에 있을 수 있는 일인가? 연예인이 아니라 못생기고 어수룩한 잡지 기자가 TV에 나오는데 사람들이 이걸 본다고?'라면서.《월간 산》등산 기자 같은 불가사의한 직업이 세상에 또 있다는 걸 발견한 순간이었다. 애쓰는 안효진 작가에게서 동질감을 느꼈고 그래서 그녀가 부탁을 하든 명령을 하든 "네, 네 알겠습니다"라고 답했다.

며칠 후 나는 강원도 인제군 상남면 개인약수로 가는 등산로 입구에 서 있었다. 안효진 작가는 없었다. 대신 노윤중, 이병욱 PD가 카메라를 들고 내 앞에 서 있었다. 살짝 속은 느낌이 들었다. "작가님은 왜 안 오셨죠?" 물어보니 "저도 모르겠어요"라고 노 PD는 답했다. 그다음부터 나는 PD가 시키는 대로 했다.

"기자님, 이쪽에서 걸어온 다음, 저기 안내판을 가리

노윤중 PD

이병욱 PD

키면서 이렇게 말할게요."

 카메라, 삼각대, 녹음기 등 뭐가 뭔지 분간할 수 없는 방송 장비로 몸을 칭칭 감은 채 산에 오르겠다는 그가 안쓰러워서 나는 또 "네, 네 알겠습니다" 대답했다. 나는 수술대에 오른 환자처럼 긴장했다. 안효진 작가가 한 말이 떠올랐다.

 "노윤중 PD님은 주로 현장 촬영을 담당해요. 촬영 경험이 많으니 너무 걱정 안 하셔도 됩니다. 굳이 대본 대로 할 필요 없고요."

 노 PD는 심드렁한 표정이었다. 이마에 '나는 전문가'라고 쓰여 있는 것 같았다. 안심됐다.

 나는 PD의 요청에 따라 연기했다. 개인약수가 무엇인지 장황하게 설명했다. 내가 어색해하지 않게 PD가 맞장구를 쳤다. PD의 맞장구가 연기인지 진짜인지 분간할수 없었다. 그때마다 나는 "예? 네?" 되물어 NG를 냈다.

 참고로 방송국에서 촬영 대상지로 개인약수를 택한이유는 약수터가 강원도에 있다는 것(KBS 춘천에서 만든 프로그램은 강원도 일대로 송출된다), 개인약수는 한국에서 천연기념물로 지정된 약수터 세 곳 중 하나라는 것(양양 오색약수, 홍천 삼봉약수, 인제 개인약수 세 곳 모두 강원도에 있다), 그리고 그중 인제 개인약수가 해발고도가 가장 높은 곳에 있다는 것 등이었다. 아무래도 방송국에서 노윤중 PD를 골탕 먹이려고 장소를 정한 게 아닐까 의심스러웠다. 노 PD는 문제없다고 했지만 표정이 살짝 어두웠다.

우리는 주차장에서부터 약수터를 향해 올라갔는데 1.5킬로미터 거리였다. 보통 걸음으로 30분이면 닿을 거리를 우리는 여섯 시간 동안 왕복했다. 그동안 나는 했던 말을 또 하고, 혼자 중얼거리며, 갔던 길을 내려갔다가 또 올라가기를 반복했다. 노윤중 PD는 내가 계곡에 빠져 허우적대길 바랐을 수도 있는데, 오르락내리락하는 중에 미처 실행하지는 못했다.

며칠 후 KBS 춘천방송총국이 있는 춘천으로 갔다. 방송국이 있는 춘천 시내는 번잡했다. 신도시처럼 번쩍였다. 나는 서울에 온 시골쥐처럼 두리번거리며 방송국으로 들어갔다. 안효진 작가가 나왔다. 왜 개인약수에 나타나지 않았느냐고 물어보지는 못했다. 정신이 없었기 때문이다. 대기실에서 김대희 씨와 안혜경 씨를 맞닥뜨렸다. 김대희 씨가 생각보다 잘생겨서 놀랐다.

나는 긴장한 것을 들키지 않기 위해 말을 거의 하지 않았다. 손을 휘두르거나 고개를 돌리지 않고 따라오라면 따라가고 앉아 있으라고 하면 가만히 앉아 있었다. 손을 덜덜 떨지 않는 게 다행이었다. 이윽고 녹화가 진행됐다. 세트장은 서른 명 안팎의 사람들로 북적였다. '약수터를 소개하는 일에 이렇게 많은 사람이?' 의아했지만 나는 조용히 자리에 앉았다.

나를 찍는 카메라 옆에 '프롬프터(대본이 나오는 모니터)'가 있었다. 나는 그걸 보면서 거기에 나오는 대본을 따라 읽었다. 어른을 상대로 얘기하는 것처럼 연기했다. 몇 번 NG를 내고 옆에 앉은 진행자에게 말했다.

"이게 연기라고 인식을 하니까 머릿속으로 재빨리 상황 변화를 인식시켜야 하는데, 그게 쉽지 않네요."

진행자는 내게 편하게 하라고 하며 말을 걸었다. "가장 좋아하는 산이 어디세요?" 내가 대답했다. "설악산이요." 진짜로 궁금해서 물어보는 게 아니라는 걸 알았는데도 나는 그게 고마웠다. 다시 녹화가 진행됐다. 두 진행자는 쿵짝이 잘 맞았다. 별로 웃기지 않는 말을 해도 박장대소했다. 프로였다. 두 시간 만에 녹화가 끝났다. 내가 무슨 말을 했는지 기억나지 않았다.

안효진 작가에게 물었다.

"왜, 개인약수에 안 오셨어요?"

작가가 대답했다.

"저는 그때 다음 회차 프로그램을 준비해야 했어요.

여기저기 섭외하고 전화하느라고 바빴어요.”

“저 잘했나요? 방송 잘 나올 것 같나요?”

“물론이죠! 잘하셨어요. 너무 걱정 마세요. 저희에겐 편집이 있으니까요!”

프로그램 담당 이민배 PD에게도 물었다.

“녹화 재미있었나요?”

그녀가 대답했다.

“음, 재미라, 웃음을 기준으로 한다면, 개그맨들이 게스트로 나왔을 때보다 못하죠. 그런데 이번 프로그램은 제가 생각하기에 참신한 아이템 톱5에 들어요. 그런 점에서 10점 만점에 9점이에요.”

나는 그녀에게 또 녹화 전부터 궁금했던 걸 물어봤다.

“약수터를 다룬 이번 프로그램이 이렇게 많은 사람이 투입될 만큼 가치 있는 일인가요?”

그녀가 대답했다.

“저는 우리가 만든 방송이 사람들에게 얼마만큼 영향력 있고 도움이 되는지 잘 알지 못해요. 하지만 지역 방송의 역할이 있어요. 많은 사람이 주목하지 않는 지역의 이야기를 발굴하고 전하는 것이요. 그것이 우리의 존재 가치를 입증하는 일이라고 생각해요.”

내가 하는 일은 아주 작은 일을 조금 작은 일로 키우는

놀라운 개인약수

I WANT TO TAKE

OUT

것이다. 그러니까 나는 바닥에 있던 작은 공을 공중에 띄워 방송국에 넘겼고, 방송국은 그 공을 세상을 향해 강력한 스파이크로 날려버린 것이다. 득점을 했느냐 안 했느냐는 중요하지 않았다.

 방송으로 해본 재미있는 실험!

개인약수에서 평상시 궁금했던 것을 테스트해봤다.

1. 톡 쏘는 맛의 개인약수, 여기에 설탕 시럽을 타면 사이다가 될까?

개인약수를 물통에 담은 뒤 준비해온 설탕 시럽을 섞었다. 하지만 사이다 맛이 나진 않았다. 비린 쇠맛 때문이다.

2. 휴대용 정수기를 사용하면 쇠맛이 없어질까?

정수 기능이 있는 물병에 개인약수를 넣고 마셔봤다. 쇠맛이 전혀 느껴지지 않았다. 정수기 필터가 철분 성분을 완벽하게 걸렀다!

3. 코로나 테스트를 하면 음성이 나올까? 양성이 나올까?

'개인약수는 건강한 물이다'라는 걸 증명하기 위해 실험해봤다. 결과는 다행히 음성! 양성이 나왔다면 어떻게 됐을까?

사진기자와의 대화

좋아하는 일로 밥벌이할 수 있을까?

사진기자와 단 둘이 '산행 취재'에 갔다. 같이 가기로 한 출연자가 사정이 있어 참석하지 못했기 때문이다. 일명 '빵꾸'. 《월간 산》에서 출연자 없이 산행 취재를 가는 경우는 드문 일이다. 어쩌겠나? 되는 대로 해야지. 사진기자의 이름은 양수열. 그는 《월간 산》 사진을 담당하는 'C영상 미디어'에서 10년간 일했다. 이참에 그를 인터뷰해야겠다고 마음먹었다. 그가 정말 산을 좋아할까? 우리가 산을 정말로 좋아할까?

얼마 전 인터뷰할 때 이렇게 질문을 했다. "저는 자발적인 산행을 하지 않아요. 일이니까 산에 가는 거죠. 그래서 자발적으로 산에 가는 사람이 신기해요. 당신은 어떻게 자발적으로 산에 갈 수 있죠?"

이것은 '산이 왜 좋죠? 산에 왜 가죠?'라는 질문의 다른 버전이다. 상대방에게 자세한 답변을 듣기 위한 '미끼'다.

이걸 그대로 기사에 썼더니 글을 읽은 선배가 나에게 말했다. "성중이 너는 정말 산을 싫어하는구나." 나는 당황했다. 듣고 보니 선배가 그렇게 말할 만했다. 그리고 궁금했다. 나는 정말로 산을 싫어할까?

산에 오르는 행위, 혹은 산 자체를 싫어했다면 내가 산행 취재를 하고 있지는 않겠지. 하지만 나는 일할 때 말고는 산에 가지 않는다. 혼자 혹은 친구들과 취재 목적없이 산에 가는 경우는 손에 꼽을 정도다. 내가 친구들한테 전화하면 그들은 늘 이렇게 말한다. "왜, 또, 어디 가자고? 회사 일이야? 거짓말하지 마. 취재지?" 그러니까 정확하게 말하면 나는 산에 가는 것에 능숙한 사람이다. 산에 다녀와서 기사 쓰는 것에 익숙하다. 물론 이 일을 좋아한다. 이 일을 좋아하는 것과 산을 좋아하는 게 같은 건가? 잘 모르겠다.

내 안에서 어떤 놈이 욕하면서 소리친다. "그러니까, 너는 산을 정말로 좋아하니? 산이 없으면 죽을 것 같아?" 나는 거기에 답한다. "그렇기도 하고 아니기도 하고, 그렇네." 당당하게 '좋다'고 할 순 없다. 왜냐하면 일이 가끔 지겨울 때가 있으니까. 내 안에서 소리친 놈은 가슴을 쾅쾅 치면서 미치고 팔짝 뛴다. 양수열 기자는 어떨까? 그에게서 답을 얻을 수 있을까? 산행지로 차를 몰면서 나는 슬슬 발동을 걸었다.

"수열아, 잘 지냈어? 요즘 어때?" 그와 나는 동갑이다. 한 달에 한 번, 취재 때 본다. 그가 대답했다. "어, 뭐, 그냥 그렇지." 그는 무뚝뚝하다. '나한테 이상한 질문을 하면 때릴 거야!'라고 말하듯 그는 냉랭하다. 그래도 나는 항상 꿋꿋하게 그에게 질문을 던진다.

"너는 나랑 달리 산행 취재 때 참 피곤할 것 같아. 나는 산에 가면 산이 예쁘든 못생겼든 그대로 글로 쓰면 되는데. 너는 어떻게든 좋은 이미지를 만들어야 하잖아? 그렇지?"

"그렇지. 산이 예쁘든 못생겼든, 사람들이 봤을 때 멋있다고 느끼게 찍어야 될 것 아녀."(그는 충청도 사람이다. 가끔 사투리를 쓴다.)

"못생긴 건 못생기게 나오는 거지, 그걸 어떻게 예쁘게 해? 그냥 그대로 찍어서 책에 실으면 안 돼?"

"허! 프로가 아니구먼. 잡지는 이미지가 반 아니여. 이미지가 좋아야 사람들이 좋아하지. 참 내, 답답한 소리하네."

"답답하긴 뭐가 답답해! 그냥 찍은 거 그대로 줘! 그게 바로 기자의 진실성 아니냐!"

"그래 그냥 줄게. 막 찍어서 준다. 그럼 책이 어떻게 되나 봐라."

힘들어

　산에 갈 때 그는 나보다 신경 쓸 게 더욱 많을 것이다. 게다가 무거운 카메라까지. 만일 내가 카메라를 짊어지고 가파른 오르막을 마주했다면 그 자리에서 하산해 집에 가버렸을지도 모른다. 지금까지 퇴사하지 않고 버틴 그가 대단했다. 그는 산을 좋아해서 버틴 걸까? 산 타는 것과 산 타면서 사진 찍는 것에 익숙해져 자신도 모르는 사이 시간이 흘러버린 걸까? 옥신각신한 끝에 그가 고백했다.

　"빚 갚아야지. 벌어먹고 살아야지. 어쩌겠냐. 힘들어도 해야지. 직장인은 무적이야."

그는 두 달 전 설악산 서북주릉에서도 같은 말을 했다. 산행 이후에 힘들지 않았느냐고 물었는데 그는 "일하러 간 게 아니었다면 도중에 내려갔을 거야" 라고 말했다.

두 시간 정도 차를 타고 가서 산 입구에서 내려 배낭을 멨다. 나는 사진기자가 먹을 식량도 챙겼다. 그는 카메라와 렌즈를 모조리 주머니에 넣고 어깨에 배낭을 멨다. 나와 그의 배낭 모두 무거웠다. 양수열 기자에게 말했다. "우리 둘만 산행하는 건 처음이다. 오붓하게 가보자!" 그가 대답했다. "나는 너랑 오붓한 거 싫어. 집에 가고 싶어." 퉁명스럽게 말하면서도 그는 잘 따라왔다.

우리는 금북정맥을 타며 봉우리를 열 개 정도 넘었다. 나는 도중에 다리에 쥐가 났다. 양수열 기자 다리에도 쥐가 났다. 그는 무릎이 아파 절룩거리기까지 했다. 겨우 야영터에 도착해 텐트를 쳤다. 이전까지 우리는 헉헉대기만 했을 뿐 별다른 대화를 하진 않았다.

바람이 많이 불어 비좁은 텐트에 몸을 욱여넣었다. 잔뜩 쭈그린 채 그에게 말을 걸었다.

"다리 괜찮아? 너는 이래도 산이 좋니?"

"응, 괜찮아. 산이 좋냐고? 난 그 감정을 잘 모르겠어."

"너는 산에 어떻게 다니게 됐어?"

"음, 지금 생각해보면, 나는 취미가 없었어. 손쉽게 할

수 있었던 게 등산이었지."

"등산이 손쉽게 할 수 있었다고?"

"응 나는 그랬어. 혼자 하기에 딱 적당했지. 적당히 오르다 '아 오늘 좋네' 싶으면 꼭대기까지 가는 거고. '아, 오늘 귀찮네' 하면 도중에 내려와서 혼자 맥주 한 캔 마시고. 정상에 안 갔다고 뭐라 하는 사람 없고. 조용히 걷다가 신기한 나무 보고, 마을 내려다보고. 나, 처음에 산에 다닐 땐 지금보다 돈이 없었어. 쉬는 날 집에 혼자 있기는 너무 심심하고. '그럼 뭐 하지?' 하다가 산에 간 거야. 버스비만 있으면 뭔가를 보고 올 수 있잖아."

"IMF 때 회사에서 잘린 넥타이 부대가 산에 간 거랑 비슷한 거네?"

"그렇다고 할 수 있지."

양수열 기자는 쉬는 날에도 산에 간다. 이따금 클라이밍도 한다. 캠핑 장비도 나보다 훨씬 많이 갖고 있다. 그는 산을 좋아하는 게 확실하다. 하지만 일 때문에 산에 가는 건 그다지 반기지 않는 눈치다. 나는 과연 산을 좋아하는 사람인지 그에게 진단받고 싶었다.

"얼마 전엔 누군가 나한테 '너 정말 산 싫어하는구나'라고 했어. 나는 좀 당황했지. 네가 봐도 내가 산 싫어하는 것 같아?"

"응 반은 맞는 말 같아. 너 오늘 올 때도 귀찮았지? 나랑 촬영 갈 때 항상 귀찮아 해."

"응, 귀찮았지. 어떻게 알았지?"

"너 귀찮다는 말 자주 해. 표정에서 나타나기도 하고."

"그럼 나는 산을 싫어하는 건가?"

"싫어한다고 단정하긴 좀 그렇고. 그냥 일하기가 싫은 게 아닐까? 노동력과 비용을 그렇게 쓰고 싶지는 않은 거야. 나랑 비슷한 거지. 나는 회사 비용으로 산에 가는 건 별로. 내 시간과 내 돈을 쓰고 산에 가는 게 훨씬 좋아."

"아! 그런 건가? 하지만 나는 일을 하지 않을 때 산에 가진 않는데?"

"그건 쉬고 싶은 거야. 일하면서 산에 가는데, 뭣하러 쉴 때 또 산에 가. 넌 네가 기획한 걸 산에서 실현시키는 걸 즐겨. 기획한 걸 실현시키기 위해선 사람들이 필요하잖아. 혼자서는 못하잖아. 그러니까 혼자선 산에 안 가는 거지. 그리고 산과 관련된 너의 아이디어는 재밌어. 산과 산 타는 것에 관한 흥미 없이, 좋아하는 마음 없이 그런 아이디어들이 나올 수 있을까?"

양수열 기자는 나를 정확하게 진단했다. 나는 《월간 산》에서 일하는 걸 즐긴다. 누가 봐도 분명 산꾼인 것이다. 마음속을 꽉 막고 있던 어떤 덩어리가 쑥 내려가는 기분

이었다. '좋아하는 걸 직업으로 삼으면 둘 다 망한다'는 공식이 있다. 이 공식은 우리한테도 똑같이 통하는데, 우리는 둘 다 망하지 않도록 조절하고 있다. 나는 평상시에 산에 가지 않는 방법으로, 양수열 기자는 일할 때 최대한 산에 가지 않는 방법으로. 나는 양수열 기자를 위로하려고 말했다.

"확실히, 너는 산행 취재 때 나보다 피곤할 거야. 산에 갈 때 시간 대비 노동력이 더 들잖아." 그가 대답했다. "아, 산행 수당은 왜 없을까?"

서먹한 사람하고 산행하기
경쟁사 직원과 산행하다!

친하지 않은 사람 혹은 싸운 친구와 산행하면 어떨까 상상했다. 그렇게 산에 가면 둘 사이를 채우는 어색한 공기에 어떤 변화가 생길까? 산을 오르다 보면 더 친해질까? 저절로 화해가 될까? 둥그런 능선을 같이 타고 나면 끝에 가서 부둥켜안을까? 산에 가면 긍정적인 기분으로 충만해질 때가 많으니까 분명 좋은 일이 생길 거라고 확신했다. 이거 좀 궁금한데? 옛날에 싸우고 연락을 끊은 지 오래된 친구에게 아무렇지 않은 척 연락했다. 처음에 친구는 전화를 받지 않았다. 내가 몇 차례 전화하자 그제야 받았다. 나는 말했다. "야, 뭐하냐." 친구가 대답했다. "뭐냐, 너." 나는 용건을 얘기했다. "내일 산에 갈래?" 그러자 친구는 한참 뜸들이다가 대답했다. "내가 너랑 왜." "그냥. 산에 함 가자." "됐어." 전화가 끊어졌다. 다른 친구를 물색해야 했다.

이번에는 초등학교 때부터 알고 지내던 친구에게 전화했다. 친구는 쾌활한 목소리로 전화를 받았다. "어이! 웬일이야." 나는 불쑥 얘기를 꺼냈다. "내일 나랑 산에 갈래?" 친구는 피식 웃었다. "갑자기 왜 그래? 뭔 일 있어?" 나는 사연을 털어놨다. "이번에 어색한 친구와 산행하기에 관한 기사를 써야 해. 너라면 딱일 것 같아. 내일 시간 돼?" 친구가 답했다. "어, 그래? 잠깐만, 내일 아무것도 없는데. 어느 산 가려고?" "왜, 거기 있잖아. 예전 우리 아파트로 통해서 올라갔던 산. 가자!" "내일 아무 일도 없긴 한데, 아, 어쩌지?" 나는 얼마간 졸랐고 친구는 계속 뜸들였다. 결국 나는 폭발했다. "됐어. 꺼져." 나는 전화를 끊었다. 어색한 사이끼리 산행하기란 불가능한 일일까? 며칠 동안 고민했다. 이번 달에도 기사가 펑크 날 위기였다(지난달에 휴재했다).

파격적이고 콘셉추얼한 이 산행에 관해 잊고 있었는데 어느 날 전화가 울렸다.

"안녕하세요, 팀장님(나는 회사에서 팀장이라고 불린다), 이번에 우리, 그거, 하기로 한 거. 잘되고 있는 거죠?"

경쟁사 R사에서 근무하는 이진우 매니저였다. 그와는 일 때문에 자주 연락한다. 하지만 친하지는 않다. 만나면 재미없는 얘기를 해도 대뜸 웃는 사이다. "하하하하하!"

이렇게 아주 크게. 그래, 바로 이 사람이다! 나는 그가 묻는 질문에 답하면서 슬쩍 얘기를 흘렸다.

"아, 네 그거 잘되고 있죠. 그건 그렇고요. 우리 오늘 저녁에 만날까요? 산에 잠깐 가시죠."

그는 당황했다. "네? 오늘이요? 갑자기요? 네, 네. 그…… 그러지요. 뭐. 시간 맞춰서 나가겠습니다." 성공했다. 어색한 사이에서는 부탁이 잘 먹힌다는 걸 알았다.

몇 시간 뒤 우리는 각자의 회사 중간 지점에서 만났다 (그의 회사와 내가 일하는 사무실은 가까이에 있다). 우리는 만나자마자 웃었다.

"하하하하하!"

"허허허허허!"

나는 어색하게 인사했다.

"아이고 매니저님. 늦게까지 계셨네요. 오늘 멋지게 입으셨는데요? 호카(트레일러닝화로 유명한 브랜드)까지 신으셨군요! 산에 가실 줄 알고 계셨구나!"

그도 어색하게 웃으면서 대답했다.

"아이고, 아니에요. 아닙니다. 팀장님. 갑자기 산에 가자니요. 하하하!"

"네, 제가 이번에 어색한 산행을 해야 하거든요. 사이가 어색한 사람과 함께. 매니저님이 딱이지 뭡니까."

"하하하, 그렇네요. 제가 딱이네요."

"그럼 갈까요? 멀리 가지 않을 거예요. 저기 회사 뒤에 있는 산에 잠깐 갔다 오시죠."

"네, 하하하. 가시죠."

우리는 천천히 걸었다. 도중에 날씨 얘기를 했다. 뜬금없이 결혼 생활 얘기도 했다(나는 그가 결혼한 걸 몰랐다). 그래도 역시 어색했다.

이진우 매니저의 회사는 앱을 기반으로 한다. 그가 소개한 바에 따르면 R사는 '소셜 러닝 플랫폼'이다. 달리기 기록을 측정하거나 저장할 수 있는 앱을 만들고, 그 안에 국내에서 열리는 마라톤 대회에 관한 정보를 넣고 또 앱을 통해 참가 신청을 할 수 있도록 꾸몄다. 그는 콘텐츠 팀 소속이다.

그러고 보니 R사는 디지털 중심의 '뉴 미디어'였고, 내가 다니는 회사는 종이책을 메인으로 한 '레거시 미디어(전통 매체)'였다. 우리는 최근 두 회사 간 뜻밖의 협약 건이 대두되면서 만났다. 올드&뉴! 방향성에 대한 회의를 위해 몇 차례 대면한 적이 있다. 이번이 두 회사의 성격을 비교해볼 수 있는 기회라고도 여겼다. 나는 어색함을 지우기 위해 그에게 회사 일에 관해 물었다.

"매니저님이 몸담고 있는 회사도 우리와 비슷한 미디

어 업체라고 생각하는데, 어떤가요?"

R사는 휴대폰 앱을 통해 콘텐츠를 생산한다. 《월간 산》은 종이책에 기사를 싣는다. 정보성 글과 이미지를 퍼뜨리는 방식만 다를 뿐 두 회사는 결국 같은 미디어 업체라고 나는 생각했다. 이진우 매니저가 말했다.

"정확히 얘기하면 플랫폼 사업인데요. 뭐, 어찌 보면 콘텐츠 회사죠. 뿌리는 미디어 사업이 맞겠네요."

그렇다면 일하는 과정에 차이가 있을까? 나는 쉴 틈 없이 그에게 질문했다.

"아무래도 R사는 사업 영역이 디지털 쪽에 더 가까운데, 어떤가요? 회사 생활이 좀 치열한가요?"

"비슷한 앱이 많이 나와서 내부적으로 치열하다고 설명하긴 좀 그렇고. 업계 전체가 치열한 상황이라서 그에 따라 우리도 바쁜 편이죠. 우리는 스타트업이니까요. 요즘 스타트업이 대개 그렇잖아요. 《월간 산》은 어떤가요?"

"우리도 바쁘긴 한데, 치열하다고 하긴 뭣해요. 한국에 등산 잡지가 많이 없고, 그리고 우리는 회사가 오래됐으니까요. 고정된 업무 시스템이 있어 그에 맞춰 일하고 있죠. 취재 가고, 갔다 와서 기사 쓰고, 이런 식으로. 최근엔 우리도 디지털 쪽으로 변환을 조금씩 시도하느라 살짝 바빠지고 있어요."

늘 일 때문에 만난 우리는 각자의 업무에 관해 세세하게 얘기 나눈 적이 없었다. 나는 새롭다고 생각해 또 다른 걸 물어봤다.

"그렇게 바쁘면, 아침에 눈 떴을 때 회사 가기 싫을 때가 많겠는데요? '아, 오늘은 정말 회사 가기 싫다!' 이런 느낌이요. 어때요?"

"아, 최근엔 좀 그래요. 요즘 바빠질 때라서. 팀장님은 어떤가요? 일하러 가는 게 신나나요?"

"저도 신나는 건 아니에요. 그렇다고 회사에 가기 싫다는 마음도 아니고. 빨리 가서 일 처리를 해야겠다는 마음이 앞서요. 그 때문에 자동으로 몸이 움직인다고 해야 할까요?"

우리는 주거니 받거니 얘기하면서 산에 올랐다. 회사 얘기를 하니 말이 술술 나왔다. 오르막이 나왔지만 힘들지 않았다. 쉴 새 없이 떠드느라 나는 걷고 있다는 것도 인식하지 못했다. 어색함? 그런 것은 이미 어디론가 훨훨 날아가버린 것 같았다. 나는 초반의 어색한 분위기보다 그가 다니는 회사 분위기에 더 관심이 쏠렸다. 스타트업을 표방한 사무실 분위기는 어떨까?

"스타트업은 자유로울 것 같아요. 새로운 생각을 마음껏 말하면서 그걸 바로 적용시킬 수 있을 것 같은데요?"

"아, 절대 그렇지는 않아요. 새로운 아이디어라고 해도 우리는 그걸 실행하기 위해 굉장히 많은 걸 따져요. 머릿속 생각을 실생활에 실현시킨다는 건 굉장히 어려운 일이에요. 어떤 콘텐츠를 개발해 앱으로 내놓으면 꼭 문제가 발생하거든요. 우리 일 중 많은 비중이 그 문제를 해결하는 데 있어요. 문제 발생, 해결, 문제 발생, 해결. 이런 과정이죠. 그래서 아무리 좋은 아이디어라고 해도 굉장히 신중하게 접근해요. 아이디어를 실현하는 데 시간이 좀 걸리는 편이에요."

"와, 그건 또 우리와는 다른데요? 그리고 의외예요. 스타트업은 굉장히 크리에이티브하고 자유로울 줄 알았는데. 우리는 재미있는 아이디어 떠오르면 바로 실행해요. 우리는 문제가 발생할 게 없어요! 책에 재미있는 기사를 내면 그걸로 끝, 독자 반응이 좋지 않다면 안 하면 되죠. 혹시 그 자유로움을 방해하는 게 PPT인가요?"

"오! 그럴 수도 있어요. 하지만 PPT가 없으면 안 돼요. 아이디어를 실현시키려면 이걸 함께 실현시켜나갈 사람들을 설득해야 하는데, 말로만 설득할 순 없어요. 정리된 글과 이미지를 보여주면서 어떤지 묻는 게 일이 진행될 확률이 크죠. 그래서 PPT 작업을 하면서 많은 아이디어가 버려져요."

"우리는 PPT를 거의 쓰지 않는데!"

"와, 우리 서로 회사를 바꿔서 일해보면 어떨까요?"

"그럴까요? 이번 협업 때 그런 조항을 넣어볼까요? 와하하하하!"

"재미있겠네요. 으하하하하!"

즐거웠다. 산이 아니었다면 이런 얘기를 나눌 수 있었을까? 공원에서? 커피숍에서? PC방에서? 맥줏집에서? 내 성향으로선 우리의 이런 대화가 산 말고 다른 공간에선 쉽게 나올 수 없겠다는 생각이 들었다. 어색한 사이의 남자 둘이 공원에서 만나는 건 좀 그렇고, 커피숍은 딱딱하고, PC방은 상대에게 집중하기 어렵고, 맥줏집이 그나마 가능성 있겠는데, 나는 술을 잘 못 마시니까 제외! 다 탈락시키니 나에겐 남는 게 산밖에 없었다. 이진우 매니저도 즐거웠던 모양인지 헤어지면서 말했다. "오늘 재미있었어요!"

산에서 낭독하면 어떨까

태연하게 체크포인트 넘기기

내 기준으로 세상엔 두 종류의 잡지가 있다. 하나는 패션 잡지, 다른 하나는 등산 잡지다. 패션 잡지는 화려하다. 내지에 쓰인 폰트부터 페이지마다 다른 레이아웃 구성까지 책장을 넘길 때마다 연예인과 잘생긴 모델들이 등장한다. 끝내준다. 멋있다. 그에 비해 등산 잡지는 단순하다. 한 페이지에 사진 몇 장과 통으로 된 글이 빡! 들어가 있다. 처음부터 끝까지 이 스타일이다. 페이지를 아무리 넘겨도 계속 산이 나온다. 뚝심 있게! 그래, 이게 바로 전통 잡지지! 이게 바로 《월간 산》 스타일이지! 그렇지만 어떨 땐 패션 잡지의 그 화려함이 부럽다. 정확히 말하면 화려한 사진과 페이지와 글을 만드는 패션 잡지의 기자가 되고 싶다(연예인도 자주 보고). 가끔 패션 잡지의 기자가 된 나를 상상한다. 구수하게 생긴 내가 구린내 퐁퐁 풍기면서 앉아 있다가 냄새 난다고 쫓겨나면서 나는 늘 그 꿈에서 빠져나온다. 아, 궁금하다! 패션 잡지를 만드는 회사에서 일하면 어떤 기분일까? 대충 알 수 있을 것 같은 기회가 왔다. 패션 잡지사 디지털팀 '디렉터'라고 불리는 이재위 에디터에게 산에 가자고 했다.

이재위는 패션 잡지《지큐GQ》기자다. 디지털팀 소속으로 그는 여러 브랜드와 협업하면서 소위 '광고 영상'을 만든다. 뿐만 아니라 패션과 관련된 여러 영상과 이미지를 만들어 인스타그램, 유튜브 등에 업로드한다. 잘 만든다. 인기가 아주 좋다. 화려한 영상과 사진을 만드는 그가 종종 부럽다. 이재위는 얼마 전 첫 책을 냈다.《오늘 파도는 좋아?》(핀드, 2023)다. 책을 내서 뭐가 좋은지 나는 아직 잘 모르겠는데(책을 낸 적이 없으니), 이것까지 부러웠다. 약 올라서 불암산으로 오라고 했다(이재위와는 오래전부터 알던 사이). 산에서 특별한 걸 해보고 싶어서 그에게 물어봤다.

"재위야, 산에서 돗자리 펴고 김밥 먹어본 적 있냐?" 재위가 대답했다. "겁나게 많죠." 내가 또 물었다. "그럼 산에서 옷 벗고 바람 쐬거나 책을 읽은 적은?" 그가 대답했다. "크크크 없죠."

두 가지 경험 중 그가 어떤 걸 해본 적이 없는지 잘 몰랐지만 어쨌든 결정했다. "좋아! 그럼 이번 산행은 산에서 네가 쓴 책 낭송하기다!"

9월 초 일요일 아침 우리는 불암산 앞에서 만났다. 그는 트레일러닝 복장으로 나타났다. 트레일러닝화를 신고 양말목을 무릎에 닿게 할 속셈인 양 양말이 끝없이 치켜 올린 채였다. 트레일러닝용 베스트를 착용했고, 챙이 넓은 모자를 쓰고 있었다. 멋있어 보이진 않았다. '패션 잡지 기자도 등산갈 땐 나랑 똑같이 후줄근하게 입는구나, 내가 후줄근한 건 어쩔 수 없는 것이었구나!' 생각하니 위안이 됐다.

비가 살짝 내렸다. 우리는 불암산 등산로로 비척비척 걸어갔다. 나는 그에게 말했다. "작가가 된 소감이 어때?" 그가 대답했다. "내가 쓴 책이 나왔으니까, 작가가 된 건 맞는데, 제 이름 뒤에 작가라는 호칭을 붙이기엔 아직 많이 모자란 느낌이에요."

그는 대학교 때 국문학을 전공했단다. '틈'이라는 시 쓰는 동아리에 가입해 시를 쓰기도 했다. 이때 매주 '합평회'라는 걸 했고, 합평회 때 시를 제출하지 못하면 벌금을 내야 했기 때문에 열심히 시를 썼다고 했다.

옛날부터 작가가 되는 것이 꿈이었을 텐데, 결국 시인이 아니라 에세이 작가가 되어 그는 얼떨떨한 것 같았다. 그렇다면 《오늘 파도는 좋아?》는 어떤 책인가? 파도와 산이 대체 어떤 관계가 있길래 그는 이 지면에 등장한 걸까? 이재위는 아웃도어 잡지 출신 기자다. 월간 《OUTDOOR》와 《고아웃》에서 일했다. 일하면서 그는 백패킹, 캠핑, 트레일러닝, 낚시, 스키, 서핑, 마라톤 등을 하면서 산과 바다 도시 등을 온종일 뛰어다녔다. 지금 이재위가 다니는 회사에선 그에게 이런 별명을 붙였다.

'스포츠계가 빼앗긴 매거진계의 인재'

그는 아무래도 산보다 바다에 더 끌렸던 모양인지 최근엔 파도 타는 데 더 열심이다. 그래서 책 제목이 '오늘 파도는 좋아?'가 됐고, 이 말은 그의 아내가 그에게 하는 인사다. 이를테면 아침 인사 같은 거. 내가 해석했을 때 이것은 아내의 체념이다. 나의 아내가 나에게 늘 하는 말, "그냥 나가서 살아!"의 아주 순한 버전으로 들린다. 그러니까 이 책에는 그동안 이재위가 바깥에서 벌인 활동들이 기록되어 있다. 산과도 아주 관련 깊다.

각종 아웃도어 활동으로 다져진 체력 덕분인지 그는 불암산 오르막을 성큼성큼 올라갔다. 천천히 가자고 하고 싶었는데, 등산 잡지 기자 체면 때문에 참았다. 천천히 가자고 하는 대신 질문을 던졌다.

"지금 사람들은 너를 어떻게 불러? 기자? 에디터?" 그가 걸음을 멈추고 대답했다.

"회사에선 촬영을 많이 해요. 거기 가면 제가 기자인지 몰라요. 감독님, 실장님, 피디님이라고 해요. 촬영장엔 사람이 아주 많아요. 그 사람들을 통제하고 촬영을 제대로 진행하려면 감독하고 지시하는 사람이 있어야 하는데, 그 역할을 보통 제가 해요. 그래서 그때는 감독이라고 불리는 게 적당하다고 생각해요."

그의 대답을 듣고 나는 한숨이 나왔다. 오르막을 오르면서 숨이 차서 그런 게 아니라 무거운 벽돌을 등에 지고 있는 그가 떠올랐고, 그 무게가 어떨지 짐작되지 않았기 때문이다. 따져보니 이재위만 그런 게 아니라 지금 지구에 사는 모든 생명체가 그렇다는 생각이 들었다. 물과 햇빛을 찾아 뿌리와 가지를 뻗는 나무, 먹을 걸 얻기 위해 정처 없이 기어다니는 개미 등. 우리는 왜 이렇게 짓눌리면서 살아야 할까? 우리 모두 그 짐을 좀 내려놓고 쉬면 안 될까? 그런대로 쉽게 살 수 있는 방법이 있긴 하다. 바로 어디든 나서지 않는 것인데, 이재위는 그 반대였다. 말하자면 그는 여기저기 헤집고 다니며 일을 벌이는 스타일이다.

"그렇게 일을 벌이지 않아도 되잖아? 굳이 그러는 이유가 있어? 월급 받은 만큼만 일하면 되는 거지. 혹시 큰 야망을 가지고 있나? 회사 대표가 되고 싶어?"

그가 대답했다. "야망 같은 거 없고요. 회사에 희생한 다는 기분도 들지 않아요. 주위에서 항상 이런 말을 해요. '잡지는 사양산업이다'라고. 저는 이런 회의적인 이 야기를 듣기 싫어요. 일하는 데 도움도 안 되고. 그래서 저는 '잡지를 하면서도 돈 많이 벌 수 있다' 그런 걸 여러 사람에게 보여주고 싶어요. '잡지가 메인 산업이 될 수 있다!' 그런 거요. 이렇게 생각하는 게 당연한 거 아닌가 요? 일이 취미 생활도 아니고. 이런 사명감은 있어야죠."

"잡지가 사회에 어떤 이로운 영향을 줄까?"

"문화생활에 도움을 주겠죠. 아, 저는 대한민국 남성 들에게 삶을 대하는 올바른 태도 같은 걸 전해주고 싶어 요. '이런 게 멋있는 거다, 이렇게 대단하고 멋진 삶이 있 다' 같은 거요."

"야, 이거 너무 잘 만들어진 답변 같은데. 브랜드 홍보 팀에서 말하는 것 같잖아!"

이재위는 웃기만 하고 더 이상 답변하지 않았다. 우리 는 약수터를 지나 산등성이를 탄 다음 이름 모를 바위 꼭 대기에 섰다. 경치가 좋았다. 비구름이 뭉게뭉게 피어오 르면서 주변 봉우리들을 감쌌다. 여기서 그가 쓴 책을 펼 쳐 한 문장 읽으면 좋겠다고 생각했다. 구름과 나무와 바 위 봉우리가 각각 커피 가루, 설탕, 우유 거품이 되어 그

가 쓴 문장 안에서 맛있게 섞일 것 같았다.

"재위야, 여기서 네가 쓴 문장 중 가장 마음에 드는 걸 한 번 읽어보자!"

그는 부끄러워하면서 말했다.

"아, 형. 이거 안 하면 안 돼요? 그냥 경치나 구경합시다."

나는 안 된다고 했다. 마음에 드는 문장을 읽어달라고 졸랐다. 이윽고 그는 책을 들었다. 그리고 한 문단을 읽었다.

"나는 산에서 달릴 때마다 과거의 나 자신과 함께했다. 자연에서의 경험은 동료이자 식량이자 도구와 같다. 그렇게 달리기를 하면서, 체크포인트를 지나면서, 언젠가 내 인생의 레이스를 모두 마쳤을 때를 생각해 보는 것이다. 비록 상처와 먼지투성이인 인생이었지만 최선을 다해 살아왔다는 것. 그때의 웃음이야말로 정직하게 레이스를 마친 자들이 가질 수 있는 최고의 메달이라는 것을."

그가 낭독을 마쳤다. 한동안 우리는 말이 없었다. 여지없이 좋은 글이었다. 믹스커피처럼 달달했다. 하지만 이재위의 목소리는 작았다. 개미한테 말하는 것 같았다. 책을 읽으면서 몸을 배배 꼬는 것 같기도 했다. 나는 그의 다른 모습에 놀랐다. 어색함을 깨기 위해 외쳤다.

"와하하하. 너답지 않게 왜 그래?" 그는 대꾸 없이 책

을 덮고는 산 아래를 내려다봤다.

이재위는 '작가'라는 타이틀을 얻은 것에 크게 신경 쓰지 않는 듯했다. 그저 산에서 달리기를 하다가 체크포인트 하나를 막 지난 것처럼 행동했다. 나는 그만 산에서 내려가자고 했는데, 그는 이렇게 말했다. "형, 올라가야죠!"

서늘한 볕이 고이는 계곡으로

진짜 피서를 가다!

서울에 위치한 작고 귀여운 우리 집엔 에어컨이 없다. 그렇게 산 지 5년이 넘었다. 작년인가 재작년인가, 어느 환경 단체가 한여름 무더위를 견디지 못하고 끝내 사무실에 에어컨을 설치했다는 소식을 들었다. 우리가 이긴 기분이었다. 이긴 것 같은데 기쁘지 않았다. 입에서 탄식이 흘러나왔다. 그렇지, 작고 귀여운 집에 에어컨은 어울리지 않지. 우리 집은 아파트 10층, 베란다와 방 창문을 열어 놓으면 맞바람이 분다. 그리고 집 바로 뒤에 불암산이 있다. 불암산 그늘이 아파트까지 내려오진 않지만 산에서 시원한 바람이 분다고 믿는다. 그렇게 믿으면 진짜 시원한 기분에 사로잡힌다. 따져보면 1년에 에어컨 켜는 날은 얼마 안 된다. 길면 일주일 될까? (그렇지 않습니까? 여러분?) 나와 아내는 그렇다고 믿고 올해도 에어컨은 없다고 합의했다.

집에 에어컨이 없는 우리는 더운 게 뭔지 확실히 안다. '더울 땐 이렇게'라는 제목으로 두꺼운 책도 만들 수 있다. 더울 땐 가만히 있어야 한다. 더울 땐 찬물 샤워를 하루에 네댓 번은 해야 한다. 그래도 견디기 어려울 땐 냉동실에 얼음을 잔뜩 얼려놓아야 한다. 따라서 우리는 피서避暑의 개념을 정확하게 안다. 피서를 단지 휴가 기간으로만 인식하는 사람이 있을 텐데, 우리에게 한여름 피서는 절실하고 간절한 단어다. 그건 더위를 피할 수 있는 부적과도 같다. 이름 정말 예쁘다. 피서, 피서! 반복해서 발음해도 싫증 나지 않는다. 우리는 피서 기간을 보통 8월 초로 잡는다. 어느 해엔 이글이글대는 집에서 뛰쳐나와 서울의 한 호텔에서 3일 정도 묵은 후 귀가한 적이 있다. 올해는 그 시간을 좀 앞당겼다. 7월 첫 주가 무척 더웠기 때문이다.

"우리 어디로 가?"

아내에게 물어봤다. 아내는 휴대전화를 뒤적이더니 포천 지장산 계곡 풍광이 담긴 사진을 보여줬다. 사진 속 사람들은 계곡에서 수영하고 있었다. 물이 깊어 보였다. 아내가 설명했다.

"여기, 회사 선배 아는 사람이 근처에서 목욕탕을 한대. 그 사람들이 자주 가는 덴데, 계곡에 사람이 얼마 없대."

"뭐라고? 거기서 목욕탕을 한다고? 왜 그랬지?"

궁금한 게 많았는데 나는 입을 다물었다. 대신 "그래, 장인어른과 장모님도 모시고 가자"고 말했다. 아내는 좋다고 했다.

다음 날 차를 갖고 아버님 어머님 댁으로 갔다. 두 어르신은 먹을 걸 한 보따리 싸놓고 기다리고 있었다. 네 명이 그것들을 이고 지고 차에 실었다. 트렁크의 반이 찼다. 나는 운전석에 앉아 내비게이션에 '지장산 계곡'을 검색했다. 햇빛이 유리에 반사되면서 눈이 부셨다.

의정부를 지나 북쪽으로 계속 올라갔다. 철원이 나왔다. 한탄강도 건넜다. 이윽고 생애 처음 보는 마을에 도착했다. 마을에서 왼쪽으로 올라가니 저수지가 나왔고 저수지 주변에 차들이 주차되어 있었다.

"오, 여기다!"

우리는 차를 대고 트렁크를 열어 짐을 꺼냈다. 넷이서 짐을 이고 지고 넓은 임도를 따라 올라갔다. 계곡은 마을에서 관리하는 것 같았는데, 주차료나 입장료는 따로 없었다.

더웠다. 티셔츠가 금방 땀으로 젖었다. 임도 옆으로 계곡이 보였다. 장모님이 말했다.

"어머나, 저 많은 물이 대체 어디서 나오는 거야?"

나는 거기에 답을 해야 할 것 같아서 이렇게 대답했다.

"어머님 시원하라고 지장산이 막 물을 뿜고 있어요."

장모님은 웃는 것 같았다. 아내가 나를 흘겨봤다. 나는 계곡으로 눈을 돌렸다. 물이 콸콸 소리를 냈다. 평일이라 계곡엔 사람이 많지 않았다. 괜찮은 자리가 많이 보였는데도 우리는 계속 올라갔다.

계곡은 관광지로 쓰인 지 꽤 오래된 것 같았다. 300미터 간격으로 간이 화장실이 나왔고 화장실에 번호가 붙어 있었다. 느릿느릿 걷던 장모님이 말했다.

"어머, 저기 사람들 의자 펴고 앉아 있네. 우리도 의자 가지고 올 걸 그랬어. 저기 어때? 저기서 쉬자."

아내가 대답했다.

"아니야, 엄마 더 가야 해. 물이 더 깊은 곳으로. 빨리 빨리 와!"

장인어른은 아무 말 하지 않았다.

임도 너머 계곡 위로 멋진 절벽이 보였다. '저기 위로 올라가면 멋질 것 같은데?' 생각만 했다. 조금 더 올라가자 등산 안내판이 나왔다. 임도는 6킬로미터 정도 이어져 있고 계속 가면 담터계곡이라는 데가 나온다. 왼쪽 위로 펼쳐진 지장봉(876미터)은 남한에서 등산이 가능한 가장 북쪽에 있는 산이라고 안내판에 쓰여 있었다. '지장산 응회

암'을 설명하는 안내판도 있었다. 계곡 주변의 바위들이 백악기 시대 화산이 폭발할 때 생긴 재가 날리다가 떨어진 것이라는 설명이었다. 우리 주위에 있는 것들이 모두 우리보다(장인 장모님 포함) 나이가 많다는 사실을 깨달았다. 계곡에서 까불지 말아야겠다고 생각했다. 우리는 계속 올라갔다. 임도는 여전히 넓었다. 장모님이 말했다.

"여기 어때? 이제 그만 계곡에 들어가서 자리 잡자."

나는 자리를 살폈다. 어떤 아저씨가 매트리스를 깔고 혼자 누워 있었다. 내가 그 옆으로 가서 두리번대자 아저씨는 자리에서 벌떡 일어나더니 좀 떨어진 바위로 가서 그 위에 자리를 깔고 다시 누웠다. 나는 아저씨에게 고맙다고 했다. 아저씨가 원래 누워 있던 자리에 돗자리를 폈다. 계곡물이 세차게 흐르면서 물방울이 튀었다. 앉아 있는 것만으로도 시원했다. 우리는 교촌치킨 오리지널, 옥수수, 방울토마토, 먹태깡, 콜라, 사이다 등등 음식을 가방에서 꺼내어 돗자리에 펼쳤다. 음료수를 땄다. 치익! 탄산이 터졌다. 아내는 아무 말 하지 않았다. 먹태깡을 뜯었다. 부스럭부스럭대는데 아내는 또 아무 말 하지 않았다. 닭다리를 하나 꺼내 씹었다. 와그작! 아내는 거들떠보지도 않았다. 그래, 이게 바로 피서지. 더위를 피하는 중에는 건드리지 않는 게 예의야. 나는 자유를 느꼈다.

82

"물에 좀 들어가봐!" 아내가 말했다. 아내는 수영을 좋아한다. 수영복, 물안경, 발에 끼우는 물갈퀴를 챙겨왔다.

"그래, 들어가볼까?"

상의를 벗었다. 하얀 배가 볼록 튀어나왔다. 장모님이 보고 있었는데 전혀 창피하지 않았다. 왜냐하면 나는 배 나온 아저씨니까. 튀어나온 배는 집어넣을 수 없고, 이 배는 누구에게도 위협적이지 않으니까. 나는 천천히 물속으로 들어갔다. 굉장히 차가웠다! 방금 전까지 땀을 줄줄 흘리고 있었는데! 땀이 팍 식었다. 덥다는 생각은 계곡 저 아래, 우리가 출발했던 곳으로 도망쳤다. "으, 으, 차가워." 몸에 물을 뿌리고 더 깊은 곳으로 들어갔다. 아내가 말했다.

"더, 더 깊은 데로 가봐."

나는 그 말에 따랐다. 목까지 잠기는 곳에 이르러 그만뒀다. 물이 너무 차가웠기 때문이다. 물안경을 쓰고 얼굴을 물에 살짝 담갔다가 뺐다. 그러곤 물 밖으로 허우적대면서 나왔다. 그래! 이게 피서지! 더위는 도망친 것 아니 죽은 것 같았다.

장인어른도 물에 들어갔다. 장인어른 역시 얼마 못 버티고 밖으로 나왔다. 아내도 들어갔다. 아내는 물이 허벅지까지 차는 곳에서 멈췄다. 장모님은 높은 바위에 앉아 그런 우리를 내려다봤다. 모두 합창하듯 외쳤다. "이게 피서지! 이게 바로 피서야!"

돗자리로 돌아와 옥수수를 먹고 남은 치킨과 과자를 먹었다. 배가 불렀다. 다음, 근처 마당바위로 가서 아무것도 깔지 않고 벌렁 누웠다. 모자로 얼굴만 가리고 팔과 다리를 쫙 벌렸다. 물소리, 새소리가 MC스퀘어(집중력을 향상시킨다는 음향기기)처럼 들렸다. 나는 또 생각했다. 이게 진짜 피서지. 깜빡 잠이 들었다.

꿈을 꿨다. 분홍색 새를 타고 하늘을 날았다. 바람이 시원하게 불었다. 구름이 머리에 앉았다. 분홍색 새가 자신의 등 위에 올라탄 나에게 속삭였다. '이게 바로 피서지.' 나는 잠에서 깼다. 아내가 나를 보고 있었다. 나는 아내에게 "나 코 골았어?" 물었다. 아내는 그렇다고 대답했다.

계곡을 비추는 햇빛이 짙은 노란색으로 변해 있었다. 내려가야 할 시간이었다. 계곡에 계속 머물고 싶지는 않았다. 몸이 서늘했기 때문이다. 짐을 싸들고 주차장으로 내려갔다. 아까 도망쳤던 더위가 죽지 않고 돌아왔다. 그러곤 끈적거리게 들러붙었다.

커다란 컴퓨터에 새로운 경험 입력하기
와! 우리 꽤 멀리 왔네요!

어느 날 메일이 한 통 왔다. '기자님, 안녕하세요. 저는 ○○ 출판사의 김현희라고 합니다.' '등산 시령'을 책으로 내고 싶다는 내용이었다. 그러면서 자신은 어릴 때부터 산에 오르는 것이 무서웠던 사람인데 등산 시령을 읽고 신기하고 부러웠다고 했다. 나를 만나고 싶다기에 그러자고 했다.

며칠 뒤 김현희 과장과 만났다. 그녀는 검은색 옷을 입고 있었다. 반소매 바깥으로 보이는 그녀의 팔엔 문신이 가득했다. "등산 정말 싫어!"라고 온몸으로 말하는 것 같았다. 스타일리시하고 도시적인 이미지와 산은 잘 어울리지 않기 때문이다. 그녀가 '등산 시령' 코너에 관심 갖는 건 둘째치고 나는 그녀와 함께 산에 가고 싶었다. 산에 오르는 것을 무서워하는 출판사 편집자는 어쩌다가 산을 무서워하게 됐을까? 또 그녀는 어쩌다가 그곳에서 일하게 됐을까? 궁금한 게 많았다. 나는 그녀에게 제안했다. "산에 가실래요?" 그녀는 "하하하" 어색하게 웃더니 한참 후 "좋아요" 대답했다. 며칠 뒤 나는 경기도 파주로 갔다. 그녀가 일하는 사무실이 거기에 있었다.

버스에서 내리니 "쨱, 쨱" 새소리가 요란했다. 나무들이 우거진 정글에 있는 기분이었다. 근무 환경이 아주 좋다고 생각했다. 새가 어디 있는지 두리번거렸는데, 새소리는 다름 아닌 근처 쇼핑몰에서 설치한 스피커에서 흘러나오고 있었다. 훌륭한 유인책이라고 생각했다. 등산 싫어하는 사람에게 저런 자연의 소리를 들려주면 단박에 산에 가겠다고 할 것 같았다. 그러나 이날 내가 준비한 건 무수한 질문밖에 없었다. 그녀를 만나면 쨱쨱거리면서 정신없이 말을 걸어야겠다고 생각했다.

지금 일하는 출판사는 어떤 회사인가? 재레드 다이아몬드가 쓴 《총, 균, 쇠》가 여기서 나왔고, 한국에 출판된 무라카미 하루키의 여러 책들이 그곳에서 만들어졌다. 매달 문예지를 발행하기도 하고 '이상문학상'도 진행했다. 머릿속에 문학을 바탕으로 한 사상이라고는 아무것도 가지고 있지 않은 내가 '문학사상사'로 향하고 있다니! 기분이 이상했다. 엄숙하면서도 차가운 회색 건물 앞에서 피어싱을 하고 팔에 문신을 새긴 채 모자를 푹 눌러 쓴 김현희 과장을 만났다. 그녀는 나를 보며 말했다.

"저 오늘 등산복 입고 출근했어요."

김현희 과장은 원피스처럼 긴 상의와 반바지, 반바지 안에 레깅스를 입었고 베이지색 등산화를 신고 있었다. 등산화와 양말만 빼고 모두 검정색이었다. 등산하러 가는 사람이 아니라 힙합 가수 같았다. 그녀에게 물어봤다.

"이렇게 하고 출근했는데, 회사에선 아무 말 안 하나 봐요?" 그녀가 답했다. "하하하, 우리 회사 그렇게 딱딱하지 않아요!"

그녀는 그곳에서 8년 일했다(중간에 그만뒀다가 다시 입사했다)고 했다. 회사 분위기가 엄청나게 딱딱한 건 아닌 게 분명했다.

사무실에서 심학산(194미터)이 가까웠다. 우리는 산 입구로 천천히 걸어갔다. 그녀는 심학산에 처음 가본다고 했다. 나는 놀라서 물었다.

"아니, 산이 바로 코앞인데 어떻게 그럴 수 있죠? 사무실 근처 쇼핑몰에서 새소리도 틀어주잖아요! 그래도 산에 가고 싶은 마음이 하나도 안 들었단 거죠?" 그녀가 대답했다. "네, 저는 산 싫어해요. 고등학교가 높은 언덕에 있었어요. 그래서 학교 가기 너무 싫었어요. 부모님이 어렸을 때 산에 끌고 가긴 했는데, 그때도 너무 싫었어요!

부산이 고향이에요. 어렸을 때 광안리 근처에서 살아 바다는 익숙한데 산은 가까이 있어도 도무지 친해지질 않았어요. 수학여행이나 극기훈련에 가면 꼭 산에 오르잖아요. 그때 혼자 숙소에 남은 사람이 저였어요."

그녀는 자신의 몸을 컨트롤 할 수 없는 장소나 상황과 맞닥뜨리는 것이 굉장히 싫다고 했다. 등산을 위해 마음을 단단히 먹고 왔다고 했다. 그녀는 어쩌다가 집 앞 울타리를 넘어선 것을 불안해하는 것 같았다. 나를 만난 걸 후회하고 있을지도 몰랐다. 나는 그녀가 부정적인 생각을 할 새 없이 몰아붙였다. 질문의 소용돌이 속으로.

"그렇게 몸을 사리면 아쉽지 않아요? 더 많은 걸 보거나 경험할 수 있는 기회가 적어지잖아요. 이번에 산에 가야겠다고 마음 먹은 계기는 뭐죠? 과장님, 긴장하신 것 같은데 괜찮아요. 오늘 천천히 갈 거예요. 괜찮죠?"

작렬하는 질문에 그녀는 땀을 훔치면서 대답했다. 어떤 질문엔 대강 대답했고 나 또한 대강 들었다. 내가 한 걸음 가서 질문하면 그녀 또한 한 걸음 옮기며 답하는 식이었다. 이렇게 우리는 애벌레 모양으로 몸통을 묶은 듯 하나둘, 하나둘, 천천히 산으로 접근했다. 20분쯤 걸었을까? 산 입구에 도착했다.

나는 외쳤다. "봐요! 여긴 이렇게 시원해요!" 그녀는

웃으면서 동의했다. 사무실 근처보다 시원하긴 했지만 벌레가 얼굴 주변에서 앵앵댔다. 앞에 가파른 오르막이 보였다. 그녀가 오르막에 시선을 두기 전에 재빨리 화제를 돌렸다.

"팔에 새긴 문신은 어떤 용도죠? 패션의 일종인가요?" "아, 패션이라기보다, 좋아하면 계속 보고 싶은 마음 있잖아요. 그래서 새겼어요. 이거는 영국 록밴드 '퀸'의 노래 가사예요. 퀸의 드러머 로저 테일러를 좋아하는데요, 로저 테일러에게 문신을 새겨준 타투이스트를 영국까지 찾아가서 새긴 거예요. 이거는 영화 〈반지의 제왕〉, 여기는 저의 외할머니고요."

"무라카미 하루키 만나보셨어요?"

"아니요."

"등산 시렁 산악회 가입하실래요?"

"어, 음, 오늘 하는 거 봐서요."

나는 맥락 없이 질문을 마구 던졌다. 그녀는 정신없이 대답했다. 오르막 중간쯤 올랐을 때 일격을 날렸다.

"자, 여기서 뒤를 돌아보세요!"

뒤쪽으로 파주 출판단지가 보였다. 옹기종기 모여 있는 건물 뒤로 한강이 흘렀다. 그 뒤로 또 수많은 건물과 집, 산들이 겹겹이 쌓여 있었다. 가슴이 벅차오른다거나 웅장

하다거나 할 만한 풍경은 아니었는데, 김현희 과장은 놀란 것 같았다. 어쩌면 이 상황을 빨리 벗어나고 싶어 깜짝 놀란 연기를 한 것인지도 모른다. 그녀는 말했다.

"와! 우리 꽤 멀리 왔네요!"

우리는 근처의 작은 바위에 걸터앉아 쉬었다. 진짜 새소리가 들렸다. 바람에 나뭇가지들이 나부꼈다. 김현희 과장에게 물었다.

"종아리가 당기나요?"

그녀가 답했다. "아뇨."

"허벅지는 어떠세요?"

"괜찮아요."

그녀는 잠시 가만히 있다가 다시 말했다. "제가 산이 왜 싫은지 알았어요. 이 오르막이요. 오르막 오르는 게 너무 힘드네요." 나는 아무 말 하지 않았다. 혼나는 기분이기도 했고 그러지 않은 기분이기도 했다. 나는 용기 내어 말했다.

"정상까지 300미터 남았대요. 가볼래요?" 그녀는 그러자고 했다. 정상에 오르기 전 체력을 비축하기 위해 우리는 가만히 앉아 대화를 나눴다. 나는 그녀에게 이번 기회에 정상에 가야 하는 이유를 설명했다.

"저는 오늘 과장님이 힘들다고, 그만 내려가자고 하면

바로 내려가려고 했어요. 그런데 '정상까지 300미터' 안내판이 보이니 욕심이 생기네요. 과장님을 오늘 꼭 정상에 데려가고 싶어요. 정상에서 과장님이 어떤 걸 느끼실지 매우 궁금해요!" 그녀가 대답했다. "생각해보겠습니다."

인간은 커다란 컴퓨터다. '경험'은 키보드 자판을 두드려 머릿속에 뭔가를 입력하는 행위와 같다. 생애 처음 산 정상에 오르는 건 아무나 쉽게 할 수 없는 일, 그 굉장한 경험이 그녀 머릿속에 입력된다면 나중에 어떤 것이 출력될까? 나는 그것이 기대됐다. 훗날 그녀가 이렇게 말했으면 싶은 것이다.

"그날 생애 처음으로 산 정상에 오른 게 제 인생을 이렇게 멋지게 바꿨어요. 자, 그 대가예요. 10억 원을 드릴게요! 가지세요!" 돈 10억 원보다도 나는 이것이 꽤 근사한 소재라고 생각했다. 그러니 그녀를 꼭 산 정상에 데려가야 했다.

나는 말했다. "자, 이제 그만 가볼까요?"

그녀가 대답했다. "좋습니다! 가보죠!"

우리 앞엔 가파른 계단길이 있었다. 그녀는 어찌해야 할까 싶은 표정이었다. 나는 이전처럼 한 걸음 올라가 질문하고 또 한 걸음 올라가 다른 질문을 던졌다. 아주 천천히, 오르막을 오른다는 느낌이 들지 않도록 달팽이보

다 느린 속도로 계단을 올라갔다. 나는 조바심 내지 않았다. 우리에겐 시간이 많았고, 정상은 코앞이었다. 이윽고 정상 오르기 직전, 나는 그녀를 앞에 세워 먼저 정상을 밟도록 했다. 우리는 꼭대기에 마련된 정자에 올랐다. 사방으로 경치가 환했다. 멀리 북한까지 보이는 것 같았다. 그녀는 정자의 이곳저곳을 기웃거리며 경치를 감상했다. 그러다가 나를 향해 다가오면서 말했다.

"와, 이거는 저한테 좀 큰데요, 여기까지 올라왔다는 거. 왜, 그런 거 있잖아요. 하면 할 수 있다는 걸 아는데, 제대로 못 할 거라는 생각이 커서 섣불리 덤비지 못하는 일 많잖아요. 그런데 오늘 그중에 어떤 걸 해냈어요. 낮은 산이어도 여기까지 올라왔다는 게 저한텐 되게 큰 의미네요."

그녀의 말에 나는 감동했다. 내가 누군가에게 의미 있는 날을 선사할 수 있다는 사실에도 감동했다. 돈 10억 원 따위, 없어도 괜찮다고 생각했다. 그러나 이날의 인연이 책 출간으로 이어지지는 않았다.

등산 시렁 사생대회

시속 1킬로미터의 풍경을 담다!

(아마도) 세상에 단 하나뿐인 산악회, 등산을 싫어하는 사람들이 모여 만든 마운틴 클럽! '등산 시렁 산악회' 회원들이 다시 뭉쳤다. 작년 가을, 등산을 싫어하는 두 사람을 꼬득여 함께 서울 안산에 올랐다. 둘은 이때의 기억이 싫지 않았던 모양인지 나 없이도 한 달에 두 번 정도 등산을 이어갔다. 간간이 그 소식들을 듣고 있다가 문득 좋은 생각이 떠올랐다. 멤버들과 함께 산에서 그림을 그리면 어떨까? 나 혼자서만 산에서 그림 그리는 재미를 누리는 건 좀 안타까운데? 그들에게 허락받은 다음, 책에 그들의 그림을 싣는다면! 그래, 사생대회를 열자! 기가 막힌 아이디어에 나는 박수를 쳤다. 멤버들이 있는 단톡방에 메시지를 보냈다.

"안녕하세요, 회원님들. 별일 없으셨죠?" '톡' 건드리자 단톡방은 순식간에 '수다방'이 되었다. "안녕하신가용." "저는 잘 지내고 있습니다!" 안부를 주고받다가 산행 이야기가 나왔다. 방소영 회원이 제안했다. "윤 대장님, 상반기에 함께 서울 외산에 가요. 곰배령 꽃구경이나 계족산 맨발 산행 같은 거 하죠!" 이어서 내가 답했다. "좋습니다! 하지만 그 전에, 이번에 등산 시령 사생대회를 개최해보려고 하는데, 어떤가요?" 단톡방은 또 난리가 났다. 서로 좋다고 답했다. 날짜가 잡혔고, 대상지도 정해졌다. 거침없었다.

약 2주 뒤 우리는 서울 아차산(295.7미터)에서 만났다. 방소영, 최민아 회원이 나왔다. 둘은 한강 둔치로 소풍 가는 것 같은 옷차림이었다. 두 사람은 나를 보자 반갑게 인사했다. "안녕하세요, 오랜만이네요. 오늘 이렇게 입고 가도 되겠죠? 저, 등산화도 아니고 그냥 운동화예요." 최민아 회원은 등산용 배낭이 아니라 보자기처럼 생긴 천가방을 손에 들고 있었다. 제대로 된 등산복을 입고 나타난 사람은 나뿐이었다. 격식을 파괴하는 등산 시령 산악회! 어색해진 나는 웃으면서 답했다. "안녕하세요! 물론이죠. 오늘은 산행이 주목적이 아니라 그림을 그리는 것이 아주 중요해요. 걷다가 아무 데나 앉아서 그림이나 그리죠!" 둘은 밝게 웃었다.

우리는 아차산역 2번 출구에서 아차산 방향으로 걸어

갔다. 거리가 꽤 길었는데, 길다고 느껴지지 않았다. '반가운 사람들과의 수다는 시공간을 왜곡한다'는 가설을 증명해줄 과학자 어디 없을까? 우리는 순간 이동한 것처럼 산 입구에 도착했다. 천천히 오르막을 올랐다. 곧바로 연둣빛 숲이 우리 주변을 둘러쌌다. 나는 기분 좋게 계단을 올라갔다. 하지만 얼마 지나지 않아 옆에서 거친 숨소리가 들렸다. 최민아 회원이 힘들어했다. 내가 말했다. "아, 제가 너무 빨랐군요. 천천히 갈게요." 최민아 회원이 대답했다. "아니에요. 가던 대로 가세요." 옆에서 방소영 회원이 말했다. "성중 대장님은 우리와 같이 가면 답답하겠어요. 속도가 이렇게 느리니."

나는 절대 아니라고 답했다. "전혀 답답하지 않습니다. 오랜만에 이렇게 느긋하게 가니 기분이 굉장히 좋아요!" 이날 산행 속도는 시속 1킬로미터쯤 됐다. 내 입장에선 아주 느린 등산이었는데, 조급한 마음은 하나도 들지 않았다. 이전 산행에 관한 이미지를 머릿속에서 꺼내어보니 죄다 형체가 일그러졌을 뿐 아니라 색깔도 온통 회색이었다. 하지만 이날을 떠올려보면 노란 꽃 이미지가 선명하다. '천천히'는 확실하고 정확하며 선명하다. 천천히는 사람을 기분 좋게 하는 요소로 가득하다.

얼마 안 가 '고구려정'이 나왔다. 널찍한 바위 지대 위에 솟아오른 정자에 올라가서 잠깐 바람을 맞았다. 미세먼지가 잔뜩 끼어 볼만한 풍경은 아니었다. 이쯤에서 그림을 그리자고 누군가 말할 만했는데, 아무도 그런 말을 하지 않았다. 우리는 정자에서 내려와 운동 시설이 있는 '산스장' 벤치에 앉았다. "자, 이거 드실래요?" 방소영 회원이 자신이 메고 온 작은 배낭에서 먹을거리를 계속 꺼냈다. 그녀가 배낭 무게를 줄이려는 걸 깨닫고 나도 배낭을 열어 먹을 걸 꺼내 방어했다. "자, 저도 이거 싸왔어요. 이거 드세요." 우리는 깔깔대며 웃었다. 얼마 동안 떠들다가 우리는 그림을 그릴 수 있는 장소를 찾기 위해 자리에서 일어났다. 갈림길이 나왔다. 왼쪽은 아차산 정상으로 가는 방향, 오른쪽은 아차산성으로 가는 길이었다. 방소영 회원이 자신의 휴대전화를 내밀었다. "여기, 이거 아차산 숲속 도서관이라고 하는 덴데, 여기로 가려면 어떻게 가야 하죠?" 그녀가 보여준 도서관 사진이 근사했다. 도서관은 아차산성 쪽과 이어진 하산로 근처에 있었다.

　아! 우리는 산 꼭대기로 가는 것이 아니었지! 나는 날아가는 대포알도 아니면서, 왜 자꾸 '목표 지점'으로 떨어질 생각만 했던가? 나는 이때까지 꼭 아차산 정상에 가서 그림을 그려야겠다고 생각하고 있었다. 나는 말했다. "와! 여기 좋네요. 우리 여기로 가서 그림 그리죠!"
모두 좋다고 했다. 우리는 올라갈 때와 마찬가지로 천천
히 내려갔다. 앉아서 쉴 수 있는 의자가 나오면 지나치지
않았다. 새소리를 듣고 초록빛 잎이 막 나오기 시작한 나
무들을 휴대전화로 촬영했다.

　나무들이 바람에 흔들리면서 "끼이익, 끼이익" 소리를
냈다. 휴대전화 날씨 앱에는 미세먼지 경보 표시가 떠 있
었지만 숲에는 우리를 위협하는 것이 아무것도 없었다.
이윽고 도서관에 도착했다. 도서관은 작았다. 우리는 도
서관 뒤편으로 돌아가 농구장이 있는 공터 오두막으로
갔다. 방소영 회원은 그림 그릴 때 쓰는 '마카(일종의 굵은
사인펜)'를 꺼냈다. 그러면서 자신은 '아이패드'에 그림을
그리겠다고 했다. 최민아 회원은 붓과 팔레트, 스케치북
을 내었다. 나는 작은 수첩과 샤프를 준비했다. 그림 도
구들 옆에 김밥과 샌드위치, 방울토마토, 구운 밤 등이
담긴 도시락을 펼쳤다. 꽃잎이 흩날렸다. 햇빛이 쏟아졌
다. 분위기가 좋았다. 지나가던 등산객들이 우리를 흘끔
대면서 봤다. 우리는 그림을 그리기 시작했다.

　스윽, 슥. 나는 초록색 마카를 들고 거기에 쓰인 일본
말을 더듬더듬 읽었다. "미도……리?" 그러자 최민아 회
원이 말했다. "오, 일본어 읽을 줄 아세요? 그건 미도리!

초록이라는 뜻이에요." 나는 신기한 마음에 그녀에게 물었다. "와, 일본어 어떻게 알죠? 저는 지금 히라가나를 떼고 이제 막 가타카나를 외우는 중이에요." 그녀는 일본에서 3년 동안 생활했고, 무사시노 미술대학을 다니다 중퇴했다고 말했다. 나는 놀랐다. 그것은 한때 나의 꿈이었기 때문이다. 지금도 그걸 꿈꾸고 있다. 무사시노 미술대학에 입학해 산악부에 가입하기. 나는 눈을 반짝거리면서 그녀에게 물었다.

"와! 무사시노 미술대학에 다니는 게 제 꿈이었는데, 어쩌다가 그 좋은 학교를 그만뒀죠?" "하하하. 그러셨군요. 비자 문제로 돌아왔는데요, 학교 생활이 좀 공허하다고 느꼈어요. 좋은 학교 들어가면 좋은 디자이너가 될 줄 알았어요. 실제로 저 말고 주변 사람들은 다 그렇게 달려나가는 것 같았어요. 저만 뒤처지는 기분이었죠. 학교 졸업하고 인간 노릇하면서 살려면 변화하고 성장해야겠다고 마음먹기도 했어요. 하지만 그때 저에겐 그걸 밀고 나갈 에너지가 없었어요. 자신이 좋아하는 걸 몽땅 꺼내놓은 다음 그걸 고르고 다듬어야 할 시기였는데, 저한테는 꺼내 놓을 뭔가가 하나도 없었어요."

"아, 어떤 상황이었을지 살짝 이해가 가지만 안타까워요. 무사시노 미술대학에 가고 싶었던 사람으로서 민아 회원을 무사시노 선배라고 부르고 싶네요!"

"하하하하! 그렇게 부르세요, 그럼."

나는 그림 그리는 걸 좋아한다. 내가 그린 그림에게서 위로받을 때가 있다. '와, 이거 정말 내가 그린 거야? 내가 이렇게 잘 그렸다고?'라면서. 가끔은 그림들이 꼭 내가 낳은 자식 같을 때가 있다. 그것을 휴대전화에 저장했다가 몇 번이고 꺼내 바라본 적 있다.

방소영, 최민아 회원은 그래픽디자이너다. 둘은 대학교에서 미술을 배웠다. 인생의 많은 시간을 그림 그리기와 함께했다. 그렇다면 그들은 그림 그리기를 좋아할까? 문득 궁금했다.

"두 분은 그림 그리기를 좋아한다고 확실하게 말할 수 있나요?" 방소영 회원은 웃기만 했다. 최민아 회원은 이렇게 답했다. "좋아했던 건 확실한데 지금도 좋아하는지는 의문이에요. 오랜 시간 해와서 그런지 PTSD(외상후 스트레스 장애)가 생겨서. 근데 그럼에도 불구하고 항상 그림을 그리고 싶다고 생각하는 걸 보면 지금도 좋아하는 게 맞는 것 같기도 해요!"

이것은 나에게 "산을 좋아하나요?"라고 묻는 것과 같은 걸까? 어쨌든 두 사람이 이날 그린 그림은 내가 그린 것과는 많이 달랐다. '잘' 그렸다. 나는 도저히 그들의 솜

방소영 회원이 아이패드로 그린 아차산 풍경.

씨를 따라갈 수 없다고 느꼈다. 하지만 그들은 내 그림을 보고 잘 그렸다고 칭찬했다. 기분 좋았다. 하지만 그들이 못 그렸다고 했어도 나는 기분 좋았을 것이다. 왜냐하면 나는 내가 낳은 자식들의 괴상망측함을 좋아하니까! 그들이 그린 그림이 나처럼 자신을 치유하는 용도가 되면 좋겠다고 생각했다.

꼬뮌 드 서울에 가다

월요일 퇴근 때면
직장인 러너들이 남산에 모인다

　이것은 몇 달이 지난 이야기다. 이 이야기를 이제야 꺼내는 이유는 그동안 매우 바빴기 때문이다. 써야지, 써야지 하다가 시간이 이렇게 지나버렸다. 그러는 사이 산에서 자전거를 타다가 갈비뼈가 두 개나 부러졌고, 그래서 나는 꼼짝 말고 가만히 있어야 했다. 등산조차 할 기회가 없었다. 그때 나는 새로운 각오와 다짐으로 새로운 기분에 휩싸여 있었다. 휴가를 마치고 복귀한 만큼 본격적으로 달리기 훈련에 돌입하자고 마음먹었던 것이다. 엄청나게 고무적인 분위기를 품고 나는 서울에서 열리는 한 모임에 나가기로 했다. 참고로 나는 친구가 얼마 없다. 참여하는 모임이 딱 하나 있는데, 그것조차 잘 나가지 않아 거의 잘리기 직전이다. 그러니까 나는 어떤 모임이든 잘 참석하지 않는 '프로 불참러'다. 그런데 이 모임은 이상하게 나를 끌어당겼다. 친구 김민수에게 전화했다.

"민수야, 안녕, 너 이번 주 꼬뮨 드 서울Commune De Seoul
에 갈 거냐?" 민수가 대답했다. "응, 갈 거야. 너 가려고?"
"응, 가고 싶어. 나 좀 데리고 가줘." "그래, 월요일에 봐."

꼬뮨 드 서울은 트레일러닝 모임이다. 매주 월요일 저
녁 열댓 명이 모여서 서울의 여러 트레일러닝 코스를 달
린다. 쉽게 말해 월요일 밤마다 산에서 달리기를 하는 모
임이다. 이 모임은 이태우, 이신명 부부가 운영한다. 부
부는 월요일이 지나면 인스타그램에 사진을 주르륵 올
린다. 나는 그 사진들에 매혹됐다. 어두운 밤 헤드 랜턴
을 켠 무리들이 깜깜한 어둠 속에서 달리는 포즈를 하고
있다. 그것은 마치 영토 확장의 임무를 부여받은 로마의
군인들처럼 보였다. 수많은 사람 중에서 뽑힌 엘리트들
만 모여 있는 분위기! 이번이야말로 무료로 거기에 끼어
나도 당당한 척할 수 있는 기회 같았다. 그런데 민수가
이렇게 말했다.

"여기는 말이지, 트레일러닝계의 웰컴 드링크 같은 곳
이랄까? 아무튼 그런 곳이야."

나는 실망하지 않았다. 왜냐하면 인스타그램에 올라가
는 그들의 근사한 사진 속에 내가 껴 있기만 해도 되니까.

월요일이 됐다. 나는 러닝복을 챙겨서 출근했다. 퇴근
시간이 되자마자 가방을 챙겨서 6호선 버티고개 역으로

갔다. 모이는 장소가 특이했다. 이태우, 이신명 부부의 집 앞으로 오라고 했다. 민수에게 궁금한 걸 물어봤다.

"갈아입은 옷은 어디에 맡기지?" 민수가 대답했다. "아, 그 친구들 집 주차장에 세워진 자가용 트렁크에 넣으면 돼."

수많은 옷 가방으로 가득 찬 부부의 차가 생각났다. 나는 그 모습이 웃겼다. 옷 가방에 누군가 폭탄을 숨겨놨으면 어쩌려고? 옷 가방에 누군가의 몸에서 떨어져 나온 빈대가 있으면 어쩌려고? 차 트렁크가 낯선 사람들의 이상한 냄새로 꽉 차면 어쩌려고? 부부는 상관하지 않는 것 같았다. 무심한 운영진들의 모습이 떠오르자 또 웃겼다.

나와 민수는 늦게 도착했다. 도착하고 보니 모르는 사람들 스무 명 정도가 부부의 집 앞에 한 줄로 도열해 있었다. 그들은 무뚝뚝하게 몸을 풀고 있었다. 나는 "늦어서 죄송합니다"라고 말하면서 차 트렁크에 옷 가방을 넣었다. 주차장에서 나와 멀뚱히 서 있는데, 운영자 이태우가 말했다.

"자, 준비됐죠? 가시죠!"

그가 뛰어나가자 모두 그 뒤를 따라갔다. 준비운동을 한다거나 코스 설명을 한다거나, 새로 온 사람을 소개하는 절차는 일절 없었다. 박력 있었다. 나도 그들을 따라

맨 꼴찌로 달렸다. 곧바로 오르막이 나왔다. 누군가가 매봉산으로 간다고 말했다. 나는 헉헉댔다. 그들은 오르막이 나와도 멈추지 않고 계속 뛰었다. 나는 그들에게서 떨어지지 않기 위해 애를 쓰며 쫓아갔다.

"헉, 헉!"

못 견디겠다고 생각했을 때 평평한 곳이 나왔다. 마침 모두 그곳에서 쉬고 있었다. 나는 안도의 한숨을 쉬었다. 나는 민수에게 다가가 말했다.

"나 떼놓고 가지 마."

민수는 알겠다고 했지만, 달리기가 시작되자 나를 멀리 떼어놨다. 제기랄! 나는 또 열불 나게 쫓아갔다. 도저히 못 따라가겠다고 생각했을 때 정자가 나왔다. 모두 정자 위에 올라가 있었다. 여기서 이태우가 나와서 말했다.

"자, 사진 찍을게요!"

딱 한 장 찍고 그는 다시 달려나갔다. 좀 천천히 가자는 말이 목구멍까지 나왔지만 입으로 뱉을 수 없었다. 내 앞에 어떤 여성분이 아무렇지 않게 달리고 있었기 때문이다. 또 숨이 꼴딱꼴딱 넘어갈 때 즈음 평지가 나왔다. 사람들이 쉬고 있었다. 사람들은 꼴찌로 온 나에게 '파이팅'이라거나 '힘내라'는 응원의 말을 하지 않았다. 차라리 그게 나았다. 나는 어두워서 내 얼굴이 잘 보이지 않는 것이 다행이라고 생각했다. 또 달리기가 시작됐다. 테니스장을 지나 반얀트리 호텔을 지났다. 이윽고 남산으로 올라가는 도로가 보였다. 신호등이 빨간불에 멈춰 있길 바랐는데, 금방 초록불로 바뀌었다. '아, 씨!' 사람들은 멈추지 않고 오르막을 달려서 올라갔다. '와, 씨!' 그들은 남산까지 계속 이렇게 달렸다. 이윽고 내 주변엔 아무도 없었다. 나는 꾸역꾸역 계단을 올라갔다. 계단이 끝나고 남산까지 아주 가파른 길을 또 올라갔다. 그 끝에서야 사람들이 꼴찌로 올라온 나에게 응원의 말을 건넸다.

"고생했어요!" 박수까지 쳐주었다. "짝짝짝" 나는 민수에게 말했다. "이게 웰컴 드링크라고? 토 나오는 웰컴 드링크를 주는 데가 어디 있어?" 민수가 말했다. "어, 그게, 여기 오는 사람들 실력이 그새 늘었나 봐!"

남산에서 내려와 다시 이태우, 이신명 부부의 집 앞에 도착해서야 달리기는 끝났다. 사람들은 집에 가지 않고 꾸물댔다. 이태우가 그들을 향해 말했다. "자, 저 이제 집에 들어가서 피자 먹어야 하니까, 얼른 돌아가세요!" 사람들은 그제야 차 트렁크에서 짐을 꺼내 돌아갔다.

이후 나는 운영진과의 인터뷰를 시도했다. 다음은 꼬뮨 드 서울의 운영자 이태우와의 일문일답이다.

지금 하는 일과 소속, 직책이 뭐죠?

굿러너컴퍼니에서 프로젝트 매니저를 맡고 있습니다. 레이스 기획과 운영을 담당하고, 굿러너의 러닝 커뮤니티를 강화하는 일도 하고 있습니다.

꼬뮨 드 서울은 언제 생겼죠?

2019년 하반기 처음 영감을 얻고, 2020년부터 본격적으로 시작했다고 해야 할 것 같아요.

꼬뮨 드 서울은 어떻게 만들어졌나요?

기존에 있던 러닝 크루와는 다른 무언가를 만들고 싶었어요. 만날 때와 헤어질 때의 인사도 최소화하고 달리기 전후 스트레칭도 모두 하지 않고, '달리기' 그 자체 외의 모든 요소를 덜어내고 싶었어요. 러닝 크루들이 그들의 세션에서 하는 것들을 최대한 덜어내고 싶었어요. 모임의 소개도 코스 소개도 각자 소개도 전혀 하지 않아요. 사실 '사교와 친목'도 최대한 절제하려고 하고 있지만, 자주 만나다 보니 생기는 유대감은 피할 수 없긴 합니다. 뭔가 구분이 불명확하긴 하지만, 꼬뮨 드 서울은 크루가 아닙니다. 커뮤니티라고 생각해요. 우리는 소속되어 있는 것이 아니라 그저 달리기를 좋아하는 사람들의 모임이에요. 커뮤니티 안에서 달리는 분들은 각자 다른 크루에 속해 있는 경우가

많습니다. 그리고 모든 러너가 "나는 어느 크루의 아무개다"보다는 "나는 러너 아무개다"로 소개되는 것을 지향합니다.

처음엔 로드 러닝으로 시작했지만, 저와 제 아내가 트레일러닝에 빠지게 되었고, 자연스럽게 야간 트레일러닝도 하게 되었어요. 그리고 서울 중심부에 가볍게 달릴 수 있는 트레일러닝 코스들을 만들게 됐죠. 왠지 모르게 트레일러닝이라 하면 장거리일 것 같고, 힘들기만 할 거라고 생각하기 쉬운데, 서울 도심에서 짧게는 7킬로미터에서 길게는 11킬로미터 정도 퇴근 후에도 가볍게 즐길 수 있겠구나 싶었어요. 꽤 오랜 시간 둘이서 달렸는데, 꾸준히 달리다 보니 하나둘 문의가 들어오면서 지금의 사람들이 모이게 되었어요.

참가자를 모두 아는 사람인가요? 뒤처지거나 낙오한 사람 혹은 달리다가 부상당한 사람이 생겼을 경우 어떻게 챙기죠?

간혹 지인을 데려오는 분들이 있어요. 그런 경우를 제외하고는 지금은 대부분 아는 분들이죠. 여기서 처음 만난 분들이 대부분이에요. 특정 오르막의 끝 지점에서 가장 후미의 사람들을 기다려줘요. 그리고 다같이 파이팅을 외쳐줍니다. 뒤처져도 전혀 문제될 것 없어요. 그리고 결코 낙오시키지 않습니다. 주로 야간에 산을 뛰기 때문에 부상을 입는 분들도 가끔 있기는 해요. 그러면 처음 시작한 곳으로 오라고 얘기하거나, 부상 정도가 심한 사람이 생기면, 길을 아는 사람이 함께 내려갑니다.

마라톤은 언제부터 시작했나요?

달리기는 2015년 여름에 처음 시작했어요. 당시 마케팅 대행사에 다니고 있었는데, 러닝에 관련된 이벤트를 준비하면서 자연스럽게 시작했어요. 그러고 러닝 입문 1년 반 정도 지난 2016년에 춘천마라톤에서 첫 완주를 했어요. 그리고 지난주 춘천마라톤 완주가 열여섯 번째 완주였고, 이제 돌아오는 일요일 열일곱 번째 마라톤 레이스에 참가합니다.

달리기가 좋은 이유가 뭐죠?

제 아내는 그 이유를 알고 싶어서 멈추지 않고 달리고 있다고 얘기하곤 해요. 아마도 달리는 동안 다양한 감정과 생각이 들기 때문인 것 같아요. 달리기가 좋은 이유를 콕 짚어 말하기는 어려워요. 개인적으로는 달리면서 계속 성장하는 자신을 발견하는 재미, 달리면서 만나게 되는 달리기를 좋아하는 사람들, 그리고 그 사람들과 감정과 땀을 공유하면서 생기는 에너지가 달리기가 좋은 이유입니다.

앞으로 이루고 싶은 목표가 있나요?

두 가지 정도가 떠오르는데요. 첫째, 달리기를 좋아했던 사

꼬뮌 드 서울 모임장 이태우.

람, 지금 달리기를 좋아하는 사람은 아주아주 많아요. 하지만 과거부터 지금까지 한결같이 달리는 사람은 생각보다 찾기 어려워요. 저는 꾸준한 러너이고 싶습니다. 그리고 달리기에 대한 저의 진정성을 사람들에게 전달하여 그것이 그들의 러닝에 동기부여가 되었으면 좋겠어요. 또 한편으로 '꼬뮌 드 서울'은 나라는 사람과 이신명이라는 사람의 진정성을 대변하는 하나의 플랫폼이기도 하고요.

둘째, 지금 '꼬뮌 드 서울'엔 저와 같은 진정성과 에너지를 갖고 있는 사람들이 아주아주 많이 모여 있어요. '적당히 재미삼아', '남들이 재밌다니까 나도 한번'이 아닌 정말 달리기를 진정성 있게 좋아하는 사람들이 모이는, 작지만 강한 커뮤니티예요. 앞으로도 이렇게 계속 '꼬뮌 드 서울'을 만들어가고 싶습니다.

꿈의숲에서 만난 내면 아이

산에서 명상하면 위로받을 수 있을까?

　이우성 시인. 그는 박식하다. 아는 게 많아서 내가 어떤 질문을 해도 척척 답한다. 그래서 나는 그와 대화하는 걸 좋아한다. 그와 얘기하다 보면 몰랐던 걸 알게 되는 경우가 많다. 늘 그를 찾아가 이야기 나누고 싶지만 그는 매우 바쁘다. 나처럼 그에게 답을 구하는 사람들이 많다. 최근에 그는 우울증을 앓는다고 고백했다. 자신의 SNS에 슬픈 감정을 낱낱이 밝혔고, 그 여파로 어느 날 명상을 시작했다고 했다. 잘 나가는 사업가인 그가 우울증에 걸렸다니! 무슨 일이 있었던 걸까? 건강한 사람을 시름시름 앓게 하는 우울증은 대체 무엇이란 말인가? 명상을 하면 나아지는 것일까? 궁금한 게 너무 많았다. 그에게 전화를 걸었다.

　"형, 시간 괜찮으세요? 저 산에서 명상해보고 싶어요. 싱잉볼 산행해요!"

"그래, 하자. 고고다."

예상보다 밝은 그의 목소리에 나는 북한산, 불암산, 수락산 등 여러 후보지를 나열했다. 그는 바빠서 멀리 갈 시간이 없다고 했다. 결국 그의 집 앞에 있는 북서울꿈의숲에 가기로 했다. 그는 "거기 산이 있어?" 물었는데, 지도 앱으로 확인해보니 숲 뒤편에 작은 산이 있었다. 우리는 거기서 만나기로 했다.

포털에 '명상'을 검색해봤다. 고통, 해방, 초월 등 대단한 단어들이 잔치를 벌였다. 나는 전혀 감이 잡히지 않았다. 이우성을 만나면 물어봐야겠다고 마음먹었다.

저녁 8시, 공원 앞에서 만나 나는 그에게 물었다.

"형, 괜찮으세요? 좋아 보이는데요? 그런데, 형은 늘 힘들었잖아요."

그러자 그가 대답했다.

"그게 무슨 뜻이야? 늘 힘들었다고? 내가? 내가 우울한 캐릭터였나?"

"형은 굉장히 예민했어요."

"그래, 그때는 전부 그냥 예민했던 거지. 그런데 이렇게까지 마음이 힘들었던 적은 없었어. 태어나서 가장 힘들었어. 아무리 힘들어도 우울증에 걸린 적은 없었어."

나는 그가 힘들어하는 걸 자주 봤다. 잡지사 편집장을 할 때 그랬고, 하던 사업이 망했을 때도 그랬다. 그는 예전 일을 다 잊은 걸까? 근본적인 질문을 했다.

"왜 힘들었어요?"

"7년 만난 애인이랑 헤어졌잖아."

나는 탄식했다. 그는 헤어진 연인과 헤어졌다가 만나기를 여러 번 반복했다. 이번엔 진짜 헤어진 것 같았다. 그는 설명했다.

"이번에는 너무 힘들었어. 이걸 어떻게 해야 하지 생각하다가 고민 상담하는 모임에 나갔어. 거기서 뭔가 위로를 받긴 했는데, 근데 이건 그런 차원의 문제가 아니었던 거야. 결국 병원에 갔지. 그랬더니 의사가 우울증 초기 증세래. 약을 먹으래. 이게 다 호르몬 때문이라는 거야. 약을 먹었지. 하지만 약으로 감정을 조절하고 싶지 않은 거야. '다른 방법이 없을까?' 고민하다가 명상을 하기로 했어."

나도 언젠가 그와 비슷한 경험을 했다. 어느 따뜻한 봄날, 대로를 걷고 있었다. 점심시간이었다. 사람이 거리로 우수수 쏟아져 나왔다. 나는 그 광경이 싫었다. 거리를 빨리 벗어나고 싶었다.

"이런 건 공황장애인가요?"

그에게 물었다. 그는 "의사가 그러는데, 우울증이나 공황장애가 대단한 게 아니래. 자기가 느낀 심리 상태가 뭔가 좀 심각하다고 의심되면 그게 이미 병이라는 거지. 처참한 심정이 들고, 아무것도 못할 것 같고. 그런 정도?"라고 했다.

'처참한 심정'은 어떤 것일까? 물어보려다가 참았다. 왜냐하면 그가 울음을 터뜨릴 가능성이 있었기 때문이다. 우리는 숲을 가로질렀다. 조명이 거의 없어 어두침침했다. 그런데도 사람이 꽤 많았다. 사람들은 우리 곁을 무심히 지나쳤다. 그들은 우울의 나라에서 멀리 떨어져 있는 것 같았다. 마음이 고통스러울 때 몸이 자동으로 그 자리에서 아픔을 표현하고, 그걸 본 사람은 마음 아픈 사람을 위로해야 한다는 법이 만들어지면 우울증 환자가 줄어들까? 여러 생각을 하던 내게 그가 말했다. "갑자기 자신이 처참하다고 느껴질 때, 이럴 때는 큰 걸 하려고 하지 말래. 지금 바로 할 수 있는 걸 하래! 그래서 내가 생각해낸 게 숨을 쉬는 거야. 딥 브레스! 숨을 쉬면서 내 호흡에 집중하는 거지."

나는 갑자기 떠오른 생각을 말했다.

"형! 아는 사람이 그러는데, 산에서 명상하면 귀신에 씔 수도 있대요."

"음, 그럴 수도 있지. 그런데 겁나지 않아. 우리가 겁내는 건 이런 게 아니잖아."

"그럼 뭐가 겁나는데요?"

"하나 있지. 어떻게 사람 마음이 종이 접은 것처럼, 그렇게 딱 돌아서지? 그게 가능하냐고? 나는 그게 너무 이해할 수 없었던 거야. 근데, 여기 밤에 올라가도 되냐?"

"왜요, 형, 아까는 아무것도 겁 안 난다면서요."

우리는 공원 끝까지 갔다. 그러고선 오르막을 올랐다.

오르막의 경사는 얕았다. 우리는 금방 꼭대기에 닿았다. 정상에는 공터가 있었다. 운동 시설과 등받이 없는 의자가 나란했다. 우리는 의자에 앉았다. 빼곡한 나무들, 그 사이로 아파트 불빛이 보였다.

"여기서 명상할까?"

"네, 좋아요 형."

차 소리가 시끄러웠다. 명상을 하기엔 썩 좋은 자리 같지 않았는데 일단 앉았다. 그가 명상에 관해 설명했다.

"어느 날 궁금하더라고. '명상을 수십 일 하면 어떤 변화가 일어날까?' 그래서 유튜브를 찾아봤지. 이건 내 의견이야. 명상의 기본은 내가 지금 하고 있는 생각들을 다 분리시키는 거야. '이 생각들은 내가 아니다. 그저 생각일 뿐이다'라고. 그러고 나서 제삼자의 시선으로 나를 바라보는 거야. 그게 명상이야. 그러기 위해선 생각들에 집중하는 게 아니라 '나'에 집중해야 해. 나 자신에 집중하는 여러 가지 방법이 있는데, 그중 하나가 호흡에 집중하는 거야. 자, 숨을 들이쉬고, 내쉬고. 해봐."

"음식 냄새가 나는데요."

"그래, 여기 좀 냄새 난다. 이런 생각들이 들 수 있어! 근데 호흡에 집중하다 보면 내 몸 안에서 일어나는 과정에 집중할 수 있어. 이렇게 자꾸 내면으로 들어가는 거야. 호흡만 생각하면 다른 생각들이 차단돼."

"생각을 안 한다는 거죠?"

"생각을 안 하는 게 목적이 아니라 나 자신에게 집중하는 게 목표야. 생각은 나에게 주는 자극이야. 자극에 집중하지 말고 본연의 나에게 집중해야 해."

"음, 본연의 나…… 좀더 쉬운 예 없을까요?"

"나의 뼈, 내 혈관. 이런 것들에 더 가까워져봐. 명상의 개념을 더 파고들면 '내면 아이'라는 게 나와. 그러니까 그건 원초적이고 상처받지 않은 가장 순수한 대상이야. 명상은 그러니까 내면 아이를 바라보는 거야."

"순수한 나는 이렇게 쪼그리고 있나요? 아니면 누워 있나요?"

"내가 만약 정말 힘든 상황에 있다면 내 내면 아이도 쪼그리고 있겠지. 아, 이런 것 같아. 내면 아이를 편안하게 해주는 거지. 명상은 내면 아이를 지키는 과정일 수도 있어!"

그는 휴대전화를 들어 유튜브를 틀었다. 싱잉볼이 나오는 영상이었다. 그는 플레이 버튼을 눌렀다. "우웅" 소리가 울렸다. 우리는 눈을 감았다.

나는 싱잉볼이 울리는 소리에 집중했다. 파도가 내 허리춤에서 출렁거리는 것 같았다. 노란빛이 나를 감쌌다. 따뜻했다. 머릿속에 석가모니 모습을 한 사람이 떠올랐다. 그는 찰랑대는 바다 한가운데 우뚝 서 있었다. 미소를 머금은 채. 나도 그를 따라 웃었다. 어떤 여자가 말했다.

"천천히 몸을 깨우고 의식을 지금 이곳으로 가져와 편안하게 눈을 뜹니다."

나는 눈을 떴다. 벌써 10분이 지나 있었다.

"오, 형! 저 석가모니를 봤어요. 그가 저를 보고 미소 지었어요."

"그래? 10분 만에 너무 해탈한 거 아니냐? 나는 모기가 계속 무는 거야. 여기랑, 저기랑."

명상이라는 걸 한 번도 하지 않고 잘 사는 사람이 많을

것 같았다. 그런 사람들은 어떤 사람들일까? 내가 그에게 물었다. 그는 망설이지 않고 대답했다.

"그들은 어떤 방식으로든 명상과 비슷한 경험을 체험하며 살 거야. 암벽등반을 한다거나, 집을 청소한다거나, 달리기를 하거나."

이우성은 요즘 압축된 인생을 사는 것 같다고 했다. 몇 년에 걸쳐 느낄 감정을 하루 안에 다 느끼는 것 같다면서. 그렇다면 명상은 압축된 감정에 구멍을 내고 생각들이 숭숭 빠져나가게 하는 건가? 그는 이날 어땠는지 모르겠지만 나는 기분이 좋았다. 우리는 산에서 내려갔다.

산 중턱에서 하는 낚시

도시를 향해 낚싯대를 던지다

나는 늘 상상해왔다. 친구와 둘이서만, 조용한 호숫가나 저수지에서 낚싯대를 드리우고 앉아 나누는 대화는 분명 특별할 것이라고. 낚시터에서 이뤄지는 이 소통은 질적인 면에서 카페나 집, 회의실에서 나누는 대화와 달리 수준이 꽤 높을 것 같았다. 어라? 그렇다면 산에서 낚싯대를 드리우고 앉아 누군가와 나누는 대화는 어떨까? 친구와 더 깊은 대화를 할 수 있을까? 물론 이때 낚싯대에 걸리는 건 물고기가 아니라 '공기'일 것이다. 대화를 통해 공기와 더불어 따뜻한 분위기도 낚을 수 있을 것이라고 나는 기대했다.

주변의 낚시 전문가를 찾았다. 낚시를 즐길 법한 몇몇 친구들에게 이 얘기를 했다. 친구들 대부분은 나의 제안에 어리둥절해했다. 산에서 낚시하는 행위 자체를 이해하지 못했다. 친구들은 이렇게 답했다. "산에서 고기 잡을 데가 있어?" 혹은 "지금 산에 있는 계곡은 거의 다 얼었을 텐데?" 이런 답을 들을 때마다 나는 또 친구들에게 설명했다.

"산에서 고기를 잡는 게 아니라 시간을 낚는 거야. 시냇물이나 계곡, 호수가 있는 산으로 가는 건 아니야. 당연히 미끼도 필요 없어. 낚싯대만 있으면 된다고!"

친구들은 여전히 어리둥절해했다. 친구들을 설득하는 건 잠깐 보류했다. 낚시 전문가들에게 연락해봤다. 그들은 나의 의도를 이해할 것 같았다. 낚시 잡지 《붕어》 편집부에 전화했다. 나는 또 설명했다.

"안녕하세요, 《월간 산》입니다. 산에서 낚시를 하고 싶은데요, 같이 하실 분이 있을까요?"

관리자인 듯한 사람이 대답했다.

"아, 우리 내부 편집자는 딱 한 명이에요. 이 사람이 낚시를 좋아하긴 하는데, 바깥에 잘 나가질 않아요. 우리는 거의 대부분 외부 작가들이 글을 써서 줘요. 《낚시춘추》 같은 데 전화해보세요."

나는 전화를 끊고 《낚시춘추》 편집부에 전화를 걸었다. 역시 관리자인 듯한 사람이 전화를 받았다. 그가 대답했다.

"뭐요? 산에서 낚시를 한다고요? 아, 음, 음. 아, 우리기자가 있는데요, 이 친구가 무척 바빠요. 지금 자리에 없는데, 아마도 바빠서 못 할 겁니다. 자리에 오면 다시 연락드릴게요!"

이후 《낚시춘추》에선 연락이 없었다.

나는 다시 나와 함께 산에서 낚시를 할 수 있는 친구들을 찾아다녔다. 재작년에 알게 된 삼정도(가명) 형이 걸려들었다. 그는 나에게 미스터리한 인물로 분류되어 있다. 그는 전혀 그렇게 생기지 않았음(내가 봤을 때 그는 평상시 패셔너블하게 차려입거나 유명해지려고 애쓰는 행동 등을 일절 하지 않는다)에도 온갖 유명인들과 친했다(SNS 인플루언서 여럿과 '맞팔'을 하고 있다!). 그에게 제안했다.

"형, 산에서 낚시 하실래요?" 형이 대답했다. "으응? 그래, 어떻게 하는 건데? 해보자! 재미있겠다!"

그는 단번에 수락했다. 나의 의도를 간파한 천재이거나 혹은 산을 좋아하는 산꾼이거나 혹은 나를 무척 좋아하는 사람임이 분명했다.

우선 낚싯대를 구해야 했다. 동네에 있는 낚싯집에 갔다. 길고 굵은, 프로들이 사용하는 낚싯대가 있으면 좋겠지만 그건 너무 비쌀 것 같았다. 주인아저씨께 장난감 낚싯대가 있느냐고 물어봤다. 주인아저씨는 이리저리 진열장을 뒤적이다가 작고 귀여운 플라스틱 낚싯대를 꺼냈다. '메기 낚싯대'라고 했다. 주인아저씨가 낚싯대를 건네주며 말했다.

"자녀분들이 아주 어린가 봐요?"

나는 대답하지 않고 고개만 끄덕였다. 낚싯대와 더불어 '찌'도 샀다. 알록달록하고 둥근 모양의 찌가 공중에 매달려 있다면 낚시하는 기분이 배가될 것 같았다.

이윽고 약속한 날이 됐다. 나는 배낭에 낚싯대를 꽂고 아차산으로 갔다. 역을 빠져나와 삼정도 형을 만났다. 형은 배낭에 꽂혀 있는 낚싯대를 보고 웃었다. 형은 새벽까지 축구(아시안컵)를 보느라고 늦게 잤다고 했다.

"휴대전화 알람 소리를 듣고 벌떡 일어나서 왔어!" 나는 그가 용하다고 생각했다. 그는 산을 정말로 좋아하거나 산에서 낚시하는 이번 프로젝트에 굉장한 기대를 걸고 있거나 아니면 나를 아주 좋아하는 것이 틀림없었다. 우리는 천천히 산으로 향했다. 용마폭포공원을 지나 본격적인 산길에 들어섰다. 삼정도 형은 이름만 대면 누구나 알 만한 '대기업'에서 일한다. 일이 아주 바쁜 모양으로 그는 늦은 밤 퇴근하면서 나에게 자주 전화했다. 수화기 속 그의 목소리는 늘 지쳐 있었다. 산에서 듣는 그의 목소리는 그것보다 약간 더 생기 있었다. 산에서 하는 낚시를 은근 기대하는 눈치였달까? 아니지, 이 형은 나와 산행하는 걸 좋아하는 게 아닐까? 나는 형에게 가장 궁금했던 걸 물어봤다.

"형! 형은 그 유명한 사람들과 어떻게 알게 된 거예요?" 형이 대답했다. "응, 그냥 어찌저찌 알게 된 사이야. 일부러 만나려고 연락하거나 그러진 않고, 친구들하고 술 먹다가 누군가 다른 친구를 데려오고, 그 친구가 또 친구를 데려오고 하는 식이지. 다른 사람들도 나한테 똑같이 물어봐. '형이 이 사람을 어떻게 알아요?'라면서. 내가 유명한 사람들과 친하게 지내는 게 다들 의아한가 봐."

나 역시 그것이 의아했다. 왜냐하면 내가 알기로 그는 평상시 회사와 집만 오가고 자주 술을 마신다. 여행을 한다거나 마라톤을 한다거나 산에 아주 열심히 다니는 등 취미 생활을 깊게 하진 않는다. 그러니까 사람을 만나는 장소가 아주 한정적이라는 뜻이다. 제한된 환경에서 이토록 여러 사람과 알고 지낸다는 건 그의 타고난 성격 덕분일까? 이를테면 누가 뭘 하자고 제안해도 별 뜻 없이 "재미있겠다! 해보자!"고 따르는 무난한 성격 말이다. 나는 이걸 시험해보려고 오르막 중간에서 길이 흐릿하고 더 가파른 절벽 쪽으로 가자고 제안했다. 형은 예상대로 별 뜻 없이 답했다. "그래! 가보자!"

가파른 길의 중턱에 이르자 평평한 지대가 나왔다. 여

기가 낚시하기 좋을 것 같았다. 나는 배낭에서 캠핑용 의자와 낚싯대를 꺼냈다. 그러고선 형에게 말했다.

"형, 여기서 낚시하죠!" 형이 말했다. "그래, 좋아."

우리는 의자에 앉았다. 손에는 낚싯대를 쥐었다. 우리는 낚싯대를 쥐고서 흔들었다. 줄 끝에 찌를 달려고 했는데, 찌에 달린 무수히 많은 바늘이 옷에 걸려 빠지지 않았다. 옷에 걸린 찌 바늘을 다 빼고 바닥에 그냥 놔뒀다. 우리는 낚싯대를 흔들면서 잠시 고요함 속에 있었다.

그러다가 형은 낚싯대를 쥐고 이리저리 흔들면서 회사 얘기를 했다. 회사 얘기를 하면서 그는 대체로 무표정했다. 얼굴이 사막 같았다. 건조한 회사 생활, 텁텁한 일상! 그는 머금은 모래를 뱉지도 못하고 우물우물하는 것 같았다. 그의 삶엔 오아시스가 없는 걸까? 형에게 질문했다.

"형! 형은 그럼 성취감을 어디서 찾아요? '뭔가 해냈어!' 이런 느낌을 최근 어디서 느꼈죠? 성취감 같은 게 있어야 사는 재미가 있을 텐데요?"

"글쎄, 어떤 날은 그런 게 있었던 것 같기도 하고, 나는 일에 막 매달려서 '홈런을 쳐야 돼!' 이런 스타일이 아니거든. 나쁘게 말하면 그런 게 없어서 약간의 우울감을 가졌던 것 같기도 하고, 좋게 말하면 안분지족이지 뭐."

"오늘은 안분지족 산행이네요. 산에서 낚싯대 드리우고 앉아서 도란도란 이야기 나누고. 어때요 형, 산에서 낚시하는 기분이?"

"음, 글쎄다. 낚싯대 없어도 이런 얘기는 할 수 있을 것 같은데. 그런데 낚싯대를 들고 있는 것 자체가 재밌긴 하네. 색깔도 예쁘고."

형이 이날 입고 온 옷은 낚시 브랜드(태클리서치)에서 만든 플리스 재킷이었다. 그는 이 옷을 어느 아웃도어 매장에서 싸게 얻었다(이 옷을 낚시 브랜드에서 만들었다는 걸 몰랐다). 또 그가 멘 배낭은 요즘 유행하는 뚜껑 없는 '롤톱' 방식으로, 이건 아는 후배가 준 것이라고 했다. 이른바 그는 계획하고 의도하지 않았는데 어떤 상황에 절묘하게 딱 맞춘 삶을 사는 것 같았다. 별 탈 없이 한 직장에서 20년 이상 머문 것만 봐도 그렇다. 아무래도 포르투나 여신(로마 신화에 나오는 운명과 행운의 신)이 그를 좋아하는 게 아닐까 싶다(포르투나 여신과 함께 찍은 인증샷이 형의 인스타에 곧 올라올지도 모른다). 형도 이 사실을 어렴풋이 아는 것 같았는데, 그래서 한편으로 그는 대충 사는 것처럼 보이기도 했다. 물어보니 대략 맞았다.

"형, 혹시, '인생 대충 살자'가 콘셉트예요?"

"대충? 대충이 아니라 허물렁허물렁하면서 견고하지

않게 사는 거지."

나는 형이 너무 대충 대답하는 것 같아서 일부러 무거운 질문을 던졌다.

"형, 최근에 '인간은 이런 존재다!'라고 깨달은 게 있을까요?"

"갑자기 뭔 심각한 질문이야. 그냥 뭐, 일상적인 거지. '인간은 나약하기도 하고, 간사하기도 한 존재, 인간한테 뭘 바라냐?' 뭐, 이런 거?"

형은 어떤 걸 물어봐도 평온하게 대답했다. 세상사에 초연해 보였다. 허공에 낚싯대를 드리우고 흔드는 모습이 영락없이 시간을 낚는 어부 같았다. 순간! 우리를 향해 등산객 두 명이 올라왔다. 그는 등산객들이 들으라는 것마냥 이렇게 말했다. "거 참, 고기가 잘 안 잡히네."

등산객은 우리를 거들떠보지도 않고 오르막을 올라 사라졌다. 우리는 한동안 낚싯대를 드리우고 앉아서 사람들이 있는 도시를 내려다봤다. 조용히.

립밤 목걸이 만들기

당신도 '립밤 목걸이 클럽' 회원이 될 수 있다!

이번 달에는 산에 못 갔다. 부상(갈비뼈 골절) 때문이다. 폭설이 내렸던 얼마 전, 엉덩이가 들썩여서 회사 선배한 테 말했다.

"선배, 다음 주에 지인이 황병산으로 스키 타러 가자고 그러는데, 다녀와도 될까요?" 선배가 단호하게 말했다. "야, 안 돼! 이번 달까지만 쉬어! 산에 갔다가 더 다치지 말고."

나는 꼬리를 내렸다. 이후 각별히 조심했다. 누가 달리기를 하자고 해도 나가지 않았다. 사무실에 꼼짝없이 앉아 제안서를 썼고, 집에선 넷플릭스만 봤다.

이번 '등산 시렁' 뭐 쓰지? 고민을 꽤 했다. 몸이 근질거리고 입술이 바싹바싹 말랐다. 나는 목에 걸고 있는 립밤 뚜껑을 열고 입술에 발랐다. 순간 립밤이 내게 말을 거는 것 같았다.

'나에 관한 이야기를 쓰지 그래?' 나는 그렇게 하기로 했다.

134

나는 평상시 목에 립밤을 걸고 다닌다. 얇은 등산용 코드 슬링에 립밤을 매달았다. 이 목걸이를 본 사람들은 대체로 놀라거나 신기해한다.

"어머! 립밤을 목에 걸고 다니시네요?" 이 질문을 너무 많이 받은 나머지 대본까지 만들었다.

"네, 입술이 자주 마르는데, 립밤을 자꾸 잃어버려서 목에다 걸고 다니게 됐어요. 이렇게 걸고 다니면 립밤이 다 닳을 때까지 쓸 수 있어요."

이에 공감한 어떤 사람은 내가 목에 건 것과 똑같이 만들어 달라고 했다. 나는 몇몇에게 립밤 목걸이를 만들어서 줬다.

립밤을 목에 걸고 다닌 지 꽤 됐다. 15년 정도 된 것 같다. 어느 날 TV에서 히말라야 원정 등반팀을 다룬 다큐멘터리를 봤다. 어떤 산악인이 우모복 속에서 립밤 목걸이를 꺼내 입술에 발랐다. 누구도 이 장면을 눈여겨보지 않았다. 유일하게 나만 그 장면을 목격했다.

'나도 저게 필요해!' 나는 그것을 따라 하기 위해 연구를 시작했다.

립밤을 목걸이에 고정시키기 위한 가장 간단한 방법은 테이프를 이용하는 것이었다. 투명 스카치테이프는 너무 멋이 없었고, 청테이프는 더욱 멋이 없어서 은색 덕트테이프(미국에서 많이 쓰는 만능 테이프. 요세미티 거벽 등반가들에게

도 이 테이프는 아주 유용하게 쓰였는데, 한국에서 구하기 어려웠다)
를 선배한테 빌렸다. 테이프를 립밤에 둘둘 말아 붙여 코
드 슬링과 연결시켰는데, 굉장히 지저분했지만 그런대로
산악인 느낌이 나서 마음에 들었다 그것을 한동안 목에
걸고 다녔다. 이걸 본 사람들의 반응은 별로 좋지 않았다.
대부분 내가 목에 걸고 있는 게 립밤인 걸 몰랐다.

 "목에 지저분한 그거 뭐야? 왜 벌레를 달고 다녀?" 얼
마 안 가 나는 립밤에서 덕트테이프를 떼 버리고 대신 흰
색 클라이밍 테이프를 감았다. 모양이 더 깔끔해졌지만
이것도 얼마 안 가 때가 타서 새카맣게 됐다. 어떤 사람
이 말했다. "목에 건 그거, 빨아서 쓰긴 하는 거야?" 나는
흰색 클라이밍 테이프를 감은 립밤을 버렸다. 세 번째 버
전 립밤 목걸이를 만들기 위해 나는 오래 고민했다. 오랫
동안 목에 걸어도 지저분하지 않아야 하고, 다 쓴 립밤을
새 것으로 교체할 때 작업이 간편해야 했고, 어떠한 모양
의 립밤에도 적용할 수 있어야 했다. 연구에 연구를 거듭
했다. 결국 립밤 끝에 구멍을 내는 방법을 생각해냈다.
얇은 송곳을 불에 달군 다음 플라스틱으로 이뤄진 본체
끝에 구멍을 냈다. 그 구멍에 작은 열쇠고리를 끼웠다!
깔끔했다. 만들기도 어렵지 않았다. 꽤 오랫동안 세 번째
버전의 립밤 목걸이를 하고 다녔다. 사람들은 립밤 목걸

이를 보고도 아무 말 하지 않았다.

몇 년 지나니 이것도 꽤 불편했다. 목걸이를 만들려면 라이터와 송곳이 있어야 했다. 나는 이 불편함을 없애기 위해 또 연구했다. 립밤을 손에 들고 몇날 며칠 바라보면서 한숨을 쉬었다. 밤에 잠도 자지 못했다. 별거 아닌 이것에 나는 목숨을 걸어보고 싶었다.

'어떤 방법을 쓰면 간편하게 립밤을 교체할 수 있을까? 쉬운 방법이 분명 있을 텐데!'

간절했다. 립밤 뚜껑에 고리가 달려 목걸이로 쓸 수 있게 한 제품이 있었는데, 이건 아동용이라서 목에 걸기 창피했다. 나는 그 립밤 말고 '버츠비', '챕스틱', '뉴트로지나', '록시땅' 같은 세련된 걸 쓰고 싶었다. 계속 연구했다.

어느 날 집 화장실에서 세수를 하다가 수전에서 물이 새는 걸 봤다. 나는 생각했다.

'여기 수전에 들어간 고무 패킹을 교체해야겠는데?'

얼마 후 수리하는 아저씨가 왔다. 아저씨는 고무 패킹을 꺼내 수전에 갈아 끼웠다. 물이 새지 않았다. 아저씨는 망가진 고무 패킹을 아무 데나 버리고 갔다. 그것을 주워 쓰레기통에 버리려는데, 동그란 구멍에 립밤이 들어갈 것 같았다. 립밤을 들고 와서 고무 패킹에 끼웠다. 잘 끼워지긴 했지만 고무 패킹 사이즈가 커서 헐렁했다.

립밤 목걸이 역사

버전1

덕트 테이프

칭칭 감음 (지저분함)

버전2

클라이밍 테이프

칭칭 감음 (역시 지저분)

버전3

불에 달군 송곳으로 구멍 뚫음

고리를 끼움

교체하기 번거로움

버전4

'O링'

을지로 (유일특수고무)

립밤에 끼움

완성!
교체 쉬움,
오래 씀

이것보다 작은 사이즈의 고무 패킹이 분명 있을 것이라고 확신했다!

나는 고무 패킹의 제품 이름을 몰랐고 어디서 파는지 몰라서 을지로로 갔다. 아무 철물점에 들어가서 물어봤다. "수전에 들어가는 고무 패킹 있나요?"

대부분 고개를 가로저었다. 고무 패킹이 있는 집도 있었는데, 립밤에는 맞지 않았다. 정처 없이 철물점 골목을 헤매다가 을지로3가역에서 종로3가역으로 가는 길 중간에 '유일특수고무'라는 간판이 눈에 띄었다. 가게로 들어가니 내가 찾던 고무 패킹이 사이즈 별로, 색깔 별로 갖춰져 있었다. 나는 눈이 휘둥그레졌다. 립밤을 꺼내어 적당한 크기의 고무 패킹에 끼웠다. 딱 맞았다! 신이 났다. 주인아저씨께 이것을 달라고 했다. 주인아저씨는 내가 집어든 고무 패킹이 '오링o-ring'이라고 알려주셨다. 열 개 정도를 봉투에 담았는데 700원밖에 안 했다! 행복했다.

이렇게 립밤을 오링에 끼운 나의 네 번째 립밤 목걸이가 탄생했다. 그 후로 10여 년간 이 목걸이를 썼다. 립밤을 그냥 갖고 다니면 이것들은 꼭 어딘가로 사라진다. 사라진 줄 알고 편의점에서 구입하면 가방 주머니나 외투 주머니에서 발견된다. 립밤 목걸이는 이런 짜증나는 상황에서 나를 구했다. 진정한 친환경 제품이다. 또 이 목걸이는 나에게 마법 같은 물건이다. 낯선 사람과의 어색한 자리에서 순식간에 분위기를 바꾼다. 낯선 사람은 내 목에 걸려 있는 이것을 보고 이렇게 말하는 것이다.

"와! 그 목걸이 기발하네요!" 그러면 나는 이렇게 대꾸한다. "하나 만들어 드릴까요?"

나는 이런 식으로 모르는 사람과 친구가 되는 것이다. 후배에게 이것을 만들어서 선물로 준 적이 있는데, 그 친구는 회사에 립밤 목걸이를 하고 갔다가 '어머! 귀여워!'라는 말을 여러 번 들었다고 했다.

누군가 나에게 이 목걸이를 쇼핑몰에서 팔아보라고 했다. 나는 거절했다. 만들기는 굉장히 쉽지만 이것을 포장하고 배송하는 데 몸과 머리를 쓰고 싶지 않다. 그렇게 해봤자 부자가 될 것 같진 않다. 무엇보다 이 목걸이는 유용하긴 하지만 나처럼 매일 목에 걸고 다니기엔 확실히 부담스러운 면이 있다(이 목걸이를 선물 받은 사람 누구도 나처럼 이것을 매일 목에 걸고 다니지 않는다). 이에 따라 이 목걸이의 연구 과정과 만드는 방법을 여기에 모두 공개한다. 이 목걸이를 만들어서 목에 걸고 다니면 당신도 '등산 시렁 립밤 목걸이 클럽 회원'이다. 대신 하나 제안한다. 거리에서 립밤 목걸이를 한 사람과 마주친다면 어색해하지 말고 이렇게 인사하자. "크크크 목걸이 예쁘네요!"

멸종에 관한 걱정

약수터를 들여다보면

멸종 위기에 처한 단어가 있다. 바로 '약수터'다. 얼마
전 나는 약수터라는 단어가 주변에서 자취를 감췄다는
걸 알았다. "약수터에 가자"거나 "약수터에서 만나자"거
나 "약수터 가서 물 좀 떠와라"라거나 "약수터 갔다 올
게"라는 말을 지난 몇 년간 누구에게도 들은 적이 없다.

마찬가지로 나도 약수터를 지칭하거나 목적어로 사용
한 적이 없다. 이러다가 약수터라는 단어와 공간이 사라
질지도 모른다는 예감이 스쳤다. 그것이 딱히 슬프거나
위기감을 불러일으키진 않았지만 어딘가 아쉬운 마음에
약수터에 가야겠다고 다짐했다. 뭔가 재미있는 걸 할 수
있을 텐데 하면서.

약수터는 신기한 공간이다. 대부분 산 깊숙이 숨어 있
다는 점(물론 만든 사람이 일부러 숨긴 건 아니겠지만 누군가 산 무
더기를 손가락으로 푹 찔러 깊은 구멍을 만든 다음 거기에 약수터를

심어놓은 것처럼 약수터는 대체로 산 깊은 곳에 있다). 게다가 돈을 내지 않아도 물을 마실 수 있다는 점(심지어 어떤 약수터의 물은 탄산수 같다. 이러니 신기할 수밖에)이 약수터를 색다른 장소로 만드는 게 아닐까?

산은 더 이상 사람의 활동 공간이 아니다. 풀과 바위로 가득한, 인적이 드문 좁은 산길을 걷다가 사람의 흔적 가득한 장소와 마주치면 나는 그것이 굉장히 반가우면서 신비로운 기분에 빠진다.

'여긴 누가 만들었을까?' '여기에 있었던 사람은 무엇을 하는 사람이었고, 도대체 누구이며 왜 이런 걸 만들었을까?' '어떤 생활을 했을까?' 등등 온갖 추측을 하며 당시 모습을 그려본다. 그야말로 약수터는 나에게 상상력을 자극하는 공간이다. 자, 그럼 약수터에 한번 가볼까. 일단 '약수터'라는 단어의 멸종을 막기 위해 몇 번 더 발음해보자. "약수터, 약수터, 약수터!"

인터넷에 찾아보니 우리 집 뒷산(불암산)에는 약수터가 많다. 30여 곳이 성업(?) 중이다. 멸종 위기라고 호들갑을 떤 게 창피스럽다. 이 중 마을과 인접한 약수터를 빼니 산속에 콕 박힌 곳은 서너 개 정도였다. 여기서 우리 집과 가장 가까운 데가 통일샘과 폭포약수다. 두 약수터를 연결해서 걸으면 집까지 원점 회귀도 할 수 있다는 걸 확인하고 바로 짐을 쌌다.

통일샘으로 가는 이정표나 안내판은 없었다. 대충 저기쯤 있겠다 눈으로 산기슭을 짚으면서 올라갔다. 주 등산로를 벗어나 실처럼 좁은 샛길을 따라갔다. 진짜 약수터가 있긴 있는 거야? 슬슬 짜증이 날 때쯤 돌담처럼 생긴 축대가 보였다. 가보니 통일샘이었다. 널찍한 공간에 철봉과 평행봉이 있었고 의자가 줄지어 놓여 있었다. 주변은 이상할 정도로 깔끔했다. 물도 졸졸 흘렀다.

누가 이렇게나 고생스럽게 관리할까? 물이 나오는 쪽으로 가니 수질 검사표가 붙어 있었다. 거의 한 달에 한 번 꼴로 검사를 실시하고 있었는데, 통일샘은 얼마 전 '적합' 판정을 받았다. 노원구청 공원녹지과에서 다녀갔다. 이럴 수가! 나라에서 관리하는 약수터라니. 내가 모르는 새 잘 돌아가고 있었던 것이다. 멸종에 관한 걱정은 덜었다.

노원구청 공원녹지과에 전화를 걸었다. 어떻게 이런 데까지 신경을 쓰는지 따져보려고 말이다.

"네, 정기적으로 검사하죠. 안 하면 큰일 나게요, 사람들이 병에 걸리면 어떡해요. 병균에 전염될 수도 있는 거고요. 현장직 근무하시는 분들이 채취를 해주세요. 저희가 전부 돌아다니기는 힘들죠. 우선 구청 보건소에서 여섯 가지 항목을 기준으로 검사해요. 대장균, 일반세균, 과망가니즈산칼륨 소비량, 암모니아성 질소 뭐 이 정도고요. 그런 다음 분기별로 1회 정도는 환경관리사업소로 보내서 마흔여섯 가지 항목을 검사해요.

지하수가 나오는 약수터가 있고 산에서 내려오는 샘이 있는데, 지하수는 수도관을 타고 나오는 거라 그나마 관리가 쉬운 편이에요. 그런데 산에서 내려오는 샘은 한번 오염되면 사람이 나서서 다시 깨끗하게 하는 게 힘들어요. 우리가 할 수 있는 건 주변 정비밖에 없거든요. 그렇게 부적합 판정이 나온 약수터 몇 곳을 정리하려고 계획하고 있어요."

구청 직원 말에 따르면 여기에 약수터가 생긴 것은 1989년 즈음이다. 누가 왜 만들었는지는 모른다고 한다. 하지만 폭포약수터로 가니 돌로 된 현판이 하나 벽에 붙어 있었다. '폭포약수회'에서 만든 것으로 쓰여진 내용은 이렇다.

"약수터 개설 공사에 찬조해주신 분과 물심양면으로 협조하여 주신 회원님께 진심으로 감사드립니다. 특히 난공사를 완공할 때까지 3개월간 시종일관 봉사 정신으로 참여해주신 공로가 크므로 이분들의 참뜻을 기리기 위해 이름을 남깁니다. 김동규, 이관희, 박희춘, 서영범, 김방치, 정순각, 조순제, 유달식, 황태수, 이용주. 회장 김순식, 총무 이태줄. 증 1991년 8월 18일." 이렇게 애쓴 사람이 많은데. 아쉽게도 여기서 나오는 물은 지금 '부적합'이다.

1990년대만 해도 식수는 언제 어디서든 '공짜'였다. 수돗물을 그냥 마시거나 끓여 마시거나. 아니면 약수터에서 떠 온 물을 마셨다. 물을 돈 주고 사서 마시는 사람들은 돈 많은 부자거나 별종이었다(판매용 생수가 처음 등장한 시기는 1988년이다).

이러니 사시사철 깨끗한 물이 나오는 약수터가 사람들한테는 필요했고, 그런 장소는 또 귀했다. 그때 만들어놓은 돌계단과 축대 등이 아직까지 멀쩡하다는 것은 당시에 공들여 터를 만들었다는 증거다.

불암산의 약수터 30여 곳 중 '양호'한 샘터는 딱 하나다. 나머지는 마시기에 우려스럽다는 검사 결과가 나왔다. 이제 여기서 나오는 물을 식수로 쓰는 집은 거의 없을 텐데 그에 따라 약수터는 곧 사라질지 모른다.

약수터를 보존하는 게 환경보호에 얼마만큼 직접적으로 기여하는지는 잘 모르겠다. 그저 누군가는 나처럼 약

수터와 약수터를 이으면서 옛날 일을 다시 끄집어낼 것이다. 지금의 약수터가 내게 상상력을 불러일으키는 것처럼 더 이상 약수터에서 물을 떠 먹는 사람이 없더라도 먼 훗날 사람들의 상상력을 자극하는 신기한 사물로 남지 않을까?

오서산을 반죽하기

여덟 시간을 달려 도착하다!

나는 국수에 환장한다. 더 정확하게 말하면 면으로 만든 모든 음식에 열광한다. 지금부터 죽을 때까지 한 가지 요리만 먹어야 한다면 당연히 면 요리를 선택할 것이고, 다른 면 말고 라면만, 김치 없이 오로지 라면만 먹으라고 해도 영원히 행복할 것이다! 면을 지독히 사랑한 죗값으로 나는 얼마 전 주말, 차로 왕복 여덟 시간이 걸리는 오서산에 다녀왔다. 고속도로에서 긴 시간 차에 갇히는 끔찍한 고통을 견딜 수 있게 한 건 바로 '오서산 국수'다. 오서산 국수는 일반 국숫집(식당)이 아니라 면을 뽑는 제면소다.

올해 초, 장모님이 시장에서 '오서산 국수'라고 크게 적힌 국수 몇 묶음을 사 오셨는데, 이걸 얻어다가 몇 달간 집에서 비빔국수, 들기름 국수를 해먹었다. 두꺼운 면발과 짭조름한 맛이 정말 괜찮았다. 면이 다 떨어져서 또 국수를 얻으려고 장모님께 연락했는데, 하시는 말씀이

"그 집 이제 국수 안 만든대"였다. 이럴 수가! 아쉬움을 넘어 속이 상했다. 오서산 국수는 그동안 나에게 그냥 국수, 아무 면이 아니었다. 이름이 '오서산'이지 않은가! 등산 마니아, 국수 마니아인 나를 겨냥한, 나만의 국수였다. 나 같은 사람 또 있겠지? 하며 그들에게 이 국숫집을 알려주려고 단단히 벼르고 있었는데! 망연자실했다.

  오서산은 충남 홍성군 광천읍, 보령시 청소면과 청라면, 청양군 화성면에 걸쳐 있다. 규모가 꽤 크다. 높이는 789미터. 주능선의 억새가 유명하며 정상에서의 서해안 조망이 끝내준다고 알려져 있다. 게다가 금북정맥 최고봉, 충남 서해안에서 가장 높은 산이라고 하는데 오서산이 아닌 오서산 국수에 꽂힌 내게 '산이 어쩌고, 풍경이 어쩌고' 하는 말이 귀에 들어올 리 없다. 국숫집이 어디 있을까? 며칠 동안 지도 앱만 살폈다.
  국수 포장지에 쓰인 주소를 입력하고 지도를 이리저리 확대, 축소하거나 '거리뷰' 기능을 활용해 국수 공장의 동태를 살폈다. 특이한 건 없었다. 허름한 간판이 달린 작은 집, 그야말로 오래된 '노포'를 상상했는데, 제면소의 간판은 어디에도 없고 주위로 여러 집기가 어지럽게 나동그라진 평범한(?) 시골집 모양이었다. 이러니 더 궁금해질 수밖에. 가게로 전화를 걸었다.

"국수요? 네, 제가 만든 건데요. 올해 초까지 생산하고 말았어요. 엥? 온다고요? 왜 와요? 국수 안 만든다니까요. 나, 참. 아니, 이제 국수 없다니까 와서 뭐 하게요?"

사장님의 전략이 보통이 아니구나 싶었다. 국수를 '희귀템'으로 만든 것으로도 모자라 한사코 오지 말라면서도 말끝을 묘하게 흐리는 수법이 끝까지 가고 싶게 만드는 설득력의 귀재였다. 가보는 수밖에 없었다. '가서 왜 문을 닫은 건지 알아보기라도 하자! 혹시 모르지, 남은 국수를 조금 얻을 수 있을지도!'

오서산 국수 권영호 사장은 국수 만들기를 그만두고 아내 한경희 씨와 광천읍 젓갈 시장에 가게를 차렸다. 토굴 새우젓을 비롯해 오징어젓, 어리굴젓 등 젓갈을 좌판에 가득 쌓아놓고 어느 집이 더 지독한 짠내를 풍기나 시합이 열린 시장은 내가 생각했던 오서산의 고즈넉한 분위기와 달라도 한참 달랐다. 제면사와 젓갈집 사장이라. 연결 지점이 없는데? 권영호 사장은 왜 산에서 시장으로 내려왔을까?

"국수 만들기를 30년 했어요. 아버지 어머니가 식품점을 했는데, 판매만 하는 것보다 뭔가를 직접 만들어서 파는 게 나을 것 같아서 시작했어요. 당시 시, 읍에는 제면소가 하나씩 꼭 있었는데, 광천읍에만 없었어요. 그래서 면을 만들어보자고 했고요. 여기서 독점적으로 운영했죠. 처음에는 잘됐어요. 마을 사람들, 읍내 사람들이 많이 사 갔어요. 봄, 가을에는 특히 바빴어요. 결혼식 같은 잔칫날에 대개 집에서 국수를 만들어 손님들을 대접했잖아요. 이제는 그런 것도 사라지고, 인구가 해마다 눈에 띄게 줄어드니까 수입도 줄었죠. 택배 덕분에 전국으로 판매가 확대됐지만 크게 도움은 안 됐어요.

거기다가 정부에서 해썹(HACCP, 식품안전관리인증기준)을 갖추라고 하니까, 설비하려면 투자를 해야 했는데, 그럴 것까진 없다고 판단했어요. 신식 장비 들여놓고 자동으로 하면 뭐해요. 가까운 읍내에 사줄 사람이 없는데. 우리 국수 당연히 좋았죠. 완전 재래식으로 했으니까요. 오서산에서 내려오는 물에 천일염 섞어서 만들었어요. 자동으로 면을 뽑지 않고 롤러로 밀어가면서 만들었어요. 쫄깃했죠. 이것도 3D 업종이에요. 옛날에는 서로 하겠다고 했는데 지금은 제면소 하겠다는 사람 없어요. 저도 다시 할 마음 없어요. 체력적으로 한계예요. 제면소를 보고 싶다고요? 가서 보세요. 볼 게 없을 텐데."

"앞으로 절대 국수 장사는 하지 않겠다"며 고개를 절레절레 흔드는 사장님 앞에서 더 물을 수가 없었다. 인터뷰를 짧게 마치고 '에라 모르겠다! 제면소로 가자, 가서 오서산도 둘러본 다음 서울로 가자' 하면서 시장을 나왔다. 제면소는 시장에서 차로 약 8분 거리, 아주 가까웠지만 시장을 벗어나니 풍경이 백팔십도 바뀌었다.

마을 입구에서 오서산이 보였는데, 커다란 덩치의 씨름 선수가 그대로 자리에 눌러 앉은 모양새였다. 산세가 사납지 않고 반대로 귀여웠다. 퉁퉁한 뱃살처럼 생긴 산자락을 꼬집어보고 싶은 마음이 들었달까?

제면소는 상담마을 어귀에 있었다. 마을 골목에서는 등산객들이 수시로 나타났다가 사라졌다. 집은 '거리뷰'에서 본 것과 똑같았다. 제면소라고 볼 수 없을 정도로 평범했는데, 여기가 국수 공장이었다는 사실을 알리는 건 건물 옆에 숨어 있던 '서해제면' 간판뿐이었다. 권영호 사장이 힘들게 국수를 만들다가 밖으로 뛰쳐나와 오서산을 바라보며 쉬는 상상을 했다. 그 모습을 그리며 나도 마당에서 오서산을 올려다봤다. 그러다가 문득 기막힌 사실을 깨달았다. 오서산이 사장님의 비법 반죽이었구나! 오서산을 통째로 제면기에 넣고 돌린 다음 면을 뽑은 것이로구나! 최고로 좋은 반죽을 쓴 건 분명할 텐

데 이 사실을 세상 사람들에게 알리기란 무척 어려웠을 것 같다. 부인과 단 둘이 국수 만들기만 해도 바빴을 테니 말이다. 그렇다면 아까운데, 내가 물려받을까? 싶은 생각도 들었는데, 시장에서 부인 한경희 씨가 한 말이 떠올랐다.

"시간이 흐르고 시대가 변하는 걸 무슨 수로 막겠어요. 자연스럽게 이렇게 된 거죠, 뭐."

억지 없는 삶! 권영호 사장과 아내는 물 흐르듯 오서산에서 내려와 시장으로 간 것이고, 나는 잠자코 서울로 올라가기만 하면 됐다. 끝내 오서산 국수는 얻지 못했다. 그리고 오서산도 오르지 않았다(나는 등산 시렁 산악회 대장이니까).

아득히 반짝이는

반딧불이를 보고 왔다!

내 나이 4○세. 지금까지 반딧불이를 딱 두 번 봤다. 군 복무 중 경계 근무를 서다가 한 번, 그리고 반딧불이 취재를 위해 시골 숲에 갔다가 한 번. 내 아내를 비롯해 주위 친구 누구도 반딧불이를 본 적이 단 한 번도 없다. '어떻게 그럴 수 있지?' 의아한 가운데 아무한테나 자랑하고 싶은 심정이다. 누군가는 그까짓 것 봐도 그만 안 봐도 그만이라면서 대수롭지 않게 여길 텐데. 반딧불이는 분명 대수로운 곤충이다.

그러나 나는 반딧불이가 인간에게 특별한 감정을 불러일으키는 생명체 중 하나라고 확실하게 말할 수 있다. 이를테면 반딧불이가 날아다니는 숲은 여름에 볼 수 있는 거대한 크리스마스트리 같다. 한겨울 크리스마스트리를 보면 누구나 그렇듯, 어두운 숲에서 반짝거리는 이 친구들을 바라보고 있노라면 알 수 없는 따스한 기운이 온몸을 감싸는 동시에 가슴이 쿵쾅거리며 설렌다. 진심으로 좋아하는 사람을 길에서 우연히 만났을 때의 반가움! 이때 얼굴에 묻어나는 자연스러운 미소 혹은 함박웃음이 반딧불이를 볼 때도 똑같이 살아날 거라고 장담한다.

아이러니하게도 반딧불이의 이런 점이 그들의 서식지를 없애는 원인이지 않을까 싶기도 하다. 자연환경의 인위적인 개발은 둘째 치고, 인간이라면 저처럼 예쁜 것에 욕심내지 않을 수 없을 것이기 때문이다. 반딧불이 숲이 우리 집 뒤에 있다면 나는 매일 밤마다 숲으로 산책을 나설 것이다. 분명 나 같은 사람이 여럿이라 숲은 금방 사람들로 북적일 테고, 설령 사람들이 제아무리 주의를 기울이며 반딧불이를 구경한다고 해도 내가 반딧불이라면 이런 상황에서는 낯선 냄새와 시끄러운 소리 때문에 다른 데서 살길을 찾지 않을까 싶다. 예쁘고 잘생기면 피곤하다는 말이 확실히 맞다.

'반딧불이 출몰 장소'를 설명하는 건 지금 반딧불이가 처한 상황에 해가 될 수 있다. 이들의 서식지는 점점 줄어드는데 애써 거길 찾아가 "여기 반딧불이 있다!"고 외쳐 사람들이 모이게 하는 건 모순적이지 않나. 하지만 지금보다 더 많은 사람이 반딧불이의 가치를 안다면 그들이 사는 곳을 더욱 신경 써서 보호해야 한다는 것도 배울 수 있는 것이다. 반딧불이를 곁에 두고 오래 살고 싶다면 각별히 자연을 살피고 또 주의하자!

반딧불이의 특성을 잠깐 설명하자면, 반딧불이의 종류, 그러니까 몸에서 빛을 내는 '발광 곤충'은 전 세계에 걸쳐 무려 2천여 종에 이른다. 그중 한국에서 볼 수 있는 종은 애반딧불이, 파파라반딧불이, 운문산반딧불이, 늦반딧불이 네 종류가 고작이라고 알려져 있다. 그러면 반딧불이는 왜 발광 기능을 가지게 됐을까? 꼬리 부분의 빛이 천적에게 쉽게 발각되게 할 텐데?

반딧불이에 관한 연구서로 알려진 《경이로운 반딧불이의 세계》(에코리브르, 2017)를 보면 "이 발광은 잠재적 포식자를 물리치기 위한 경고신호로 생겨났다. 이 발광 능력은 오직 한참이 지난 뒤에야만, 그리고 오직 특정한 반딧불이 혈통 내에서만 성충의 구애신호로 굴절 적응한 것이다. 반딧불이는 사랑을 찾기 위해서뿐 아니라 제 독성을 동네방네 알리기 위해서 불빛을 낸다"고 한다.

새의 깃털이 처음에는 체온을 조절하기 위한 것이었다가 나중에는 비행을 위한 요소로 진화했다는 주장의 다른 예다. 반딧불이의 발광이 인간에게는 예쁘고 신기하지만 주변의 다른 생물들에겐 비호감일 수 있다는 얘기다. 이외에 반딧불이는 살면서 달팽이를 무려 70마리 정도 먹어 치우고 유충이었을 때보다 몸집이 3백 배가량 커진다. 몸이 다 자란 성충은 식욕이 없고 남은 일생을 성욕을 채우기 위해 산다. 하지만 암컷은 때때로 수컷을 발광으로 유인해 잡아먹기도 한다. 이런 사실만 봐도 반딧불이도 인간과 마찬가지로 팍팍한 삶을 산다는 걸 알 수 있다. 물색없이 인간 보기 좋으라고 발광을 하는 게 아니다. 나는 반딧불이 서식지를 SNS, 특히 인스타그램으로 검색해서 찾았다. 반딧불이 촬영을 하는 사람들이 어딘가에 분명 있을 테고, 인스타그램은 그렇게 촬영한 근사한 반딧불이 사진을 효과적으로 전시할 만한 공간이기 때문이다. 전라북도 무주, 제주도 등이 주요 출몰지였지만 서울에서 가기에는 너무 멀었다. 더 검색해보니 충남 아산에 있는 '궁평저수지'에서 촬영한 반딧불이 사진이 볼만했다. 집에서 차로 한 시간 30여 분 거리라 부담이 덜했다. 간단하게 배낭을 싸고 궁평저수지로 달려갔다.

저녁 8시쯤 입구에 도착했는데 차가 가득했다. 차를 세우고 외길로 이어진 임도를 따라 걸었다. 30분쯤 걸으니 어둠 속에서 사람들의 웅성거리는 소리가 들렸다. 곧

이어 길옆으로 카메라를 받치고 선 사람들이 가득했다. 백여 명 안팎의 사람들이 자리를 잡고 앉아 있거나 카메라 화면을 보면서 반딧불이가 나타나길 기다리고 있었다. 이런 스폿이 4킬로미터에 이르는 임도에 세 곳 정도 됐는데 스폿마다 사람이 많았다. 좋은 자리를 얻기 위한 경쟁도 치열했다. 그들 무리 중간에 껴서 가만히 서 있다 화면을 가리니 비켜달라는 말을 수차례 듣기도 했다.

분위기가 살짝 험악했다. 기록할 목적으로 수첩을 꺼내어 휴대전화 손전등을 비추니 곧바로 "불 켜지 마세요!"라는 외침이 들렸다. 촬영에 방해가 되기 때문에 불을 켜지 말라는 것인지, 아니면 반딧불이가 싫어할 수 있으니 삼가하라는 것인지 의도를 파악하기 어려웠다. 관리자로 보이는 듯한 사람이 돌아다니면서 촬영자들에게 볼멘소리를 했다.

"우리는 여러분이 여기 촬영하러 오는 거 싫어요. 거기 풀밭에서 다 나와주세요. 여기 풀이 많았는데 다 뭉개졌어. 여러분이 반딧불이 서식지를 다 망치고 있는 거라고! 주의 좀 해주세요."

관리자의 말에 대꾸하는 사람은 없었다. 밤 10시가 되자 반딧불이가 하나둘 등장하기 시작했다. 그러자 주변은 조용해졌고 찰칵, 찰칵 소리만 감돌았다. 반딧불이는

사진에 나온 것처럼 무더기로 나타나지 않았다. 기껏 두 세 마리가 깜빡이면서 돌아다니는 정도였다. 반딧불이 가까이로 가거나 잡을 수 있는 분위기가 아니었다. 그랬 다면 궁평저수지는 촬영자들의 불만 섞인 고함으로 가 득 찼을 것이다. 시간이 지나자 스폿이 아닌 곳에서도 반 딧불이가 눈에 띄었다. 연신 깜빡이면서 날아다니는 모 습을 보니 짠한 기분이 드는 동시에 알 수 없는 분위기에 휩싸여 절로 묘한 미소가 지어졌다.

달팽이와 함께하는 속도

그러는 당신은 왜 이리 급한 건가요?

♣ 달팽이와의 대화는 달팽이의 특성을 바탕으로 상상력을 덧붙여 작성했습니다. 텔레파시를 통해 한 대화가 아님을 밝힙니다.

하늘에서 빗줄기 떨어지는 소리가 온 집 안을 울렸다. 그 소리에 잠에서 깬 나는 속으로 중얼거렸다. 아, 오늘 새벽에는 좀 쉬어야겠다. 그러나 새벽 5시쯤 다시 눈이 떠졌다. 눈이 뜨인 이유는 알 수 없다. 비는 그쳐 있었다. 가라앉아 있던 마음이 또 요동쳤다. '나가야 하나?' 몹시 귀찮았는데 몸은 일어나서 걷고 있었다. 방으로 가서 주섬주섬 운동복을 챙겨 입었다. 그러고선 현관문을 열고 밖으로 나왔다. 비가 그친 지 얼마 안 됐는지 공기가 상쾌했다. 가을처럼 선선하기도 했다. 신발 끈을 꽉 묶고 스마트 시계를 작동시켰다. "띠리릭!" 시계에서 GPS를 잡았다는 신호가 울렸다. 나는 천천히 오르막을 올라 산으로 들어갔다. 빠르게 흙길을 통과했다. 오, 오늘 컨디션 괜찮은데! 속도를 올렸다. 몇 미터쯤 달리다가 등산로 한가운데에서 뭉그적거리는 달팽이 한 마리를 발견했다. 녀석을 알아보지 못했다면 밟고 지나갈 뻔했다. 걸음을 멈췄다. 뒤를 돌아 달팽이를 내려다봤다. 크기가 꽤 컸다. 손바닥만 했다. 나는 쪼그리고 앉아서 달팽이를 가만히 들여다봤다. 달팽이는 아주 느리게 움직였다. 녀석이 안전하게 숲으로 다시 들어갈 수 있도록 기다리기로 했다. 달팽이를 만지기는 싫었다. 덩치가 큰 내가 등산로 중간에 웅크리고 있으면 다른 사람이 달팽이를 밟거나 차는 일은 없을 터였다. 쪼그리고 앉아 있다 보니 얼마 안 가 다리가 저렸다. 달팽이는 너무 느렸다. 녀석은 내가 옆에 있는 걸 모르는 것 같았다. 느릿느릿 더듬이를 움직이면서 더듬더듬 앞으로 나아갔다. 기다리기가 좀 지루해진 나는 달팽이를 인터뷰하기로 했다. 달팽이에게 질문했다.

"당신은 달팽이가 맞습니까? 크기가 생각했던 것보다 꽤 큰데. 민달팽이 아닙니까? 민달팽이가 어쩌다가 등위에 집을 얻어 누군가에게 자랑하러 가는 것처럼 보입니다. 아닌가요?" 오! 달팽이가 바로 대답했다.

"저는 동양 달팽이라고 합니다. 인간이 붙여준 이름이에요. 옛날에 할아버지한테 전해 들었습니다. 우리는 흔히 달팽이라고 불리는 종보다 크기가 큽니다." 나는 또 질문했다.

"어디서 내려왔습니까? 지금은 어디로 가는 거죠?" 달팽이가 대답했다.

"우리는 사람이 잘 다니지 않는 산속 깊은 곳에서 삽니다. 그늘진 나무 틈이나 나무 위에 살아요. 날씨가 더워서 좀더 시원한 아래쪽 계곡으로 가는 중이에요. 나를 발견한 건 어찌 보면 당신에게 대단한 행운일 수 있어요."

"그런 것 같군요. 당신처럼 큰 달팽이는 난생처음 봐요! 크기가 커서 밟지 않고 지나갈 수 있었죠. 그런데 당신은 내가 보입니까? 어떻게 생겼는지 알 수 있어요?"

"당신이 어떻게 생겼는지는 잘 보이지 않아요. 밝고 어두운 정도만 알 수 있죠. 당신이 내 옆에 있다는 건 느껴져요. 따뜻한 열기가 감지되고 이제껏 맡아보지 않았던 이상한 냄새가 나요."

달팽이는 내가 있는 쪽으로 더듬이를 부지런히 움직였다. 달팽이가 내 쪽으로 점점 다가오는 듯해 나는 한 발짝 뒤로 물러섰다. 끈적끈적한 무언가가 몸에 달라붙을 것 같았기 때문이다. 또, 함부로 만졌다가 내 손이 달팽이에게 부상을 입힐지도 몰랐다. 달팽이는 다시 가던 길로 고개를 돌렸다. 떠나려는 달팽이를 붙잡고 말을 걸었다.

"당신은 뭘 먹습니까? 뭘 먹고 살기에 다른 달팽이보다 큰 건가요?"

"제가 먹는 건 특별하지 않습니다. 부드러운 나뭇잎이나 식물의 열매, 이끼, 곰팡이, 버섯 등을 먹습니다. 어떨 때는 벌레를 먹기도 하고 죽은 동물의 살점을 뜯어 먹기도 합니다. 제 몸집이 다른 달팽이들보다 큰 이유는 많이 먹어서가 아닙니다. 그저 유전적 형질 때문이라고 보는데 저도 자세한 건 잘 모릅니다."

나는 10분 정도 가만히 달팽이를 지켜보았다. 폭 2미터 남짓의 좁은 등산로의 끝까지 건너가려면 30분은 더 기다려야 할 것 같았다. 참다못해 나는 질문했다.

"당신은 왜 이렇게 느립니까? 느려서 답답하지는 않나요?"

"제가 느린가요? 저는 지금, 무척 빠른 속도로 움직이고 있는 겁니다. 저는 굉장히 빠릿빠릿한 상태예요. 아주 힘들고 숨찹니다. 그런데 도중에 멈춰서 쉴 수도 없어요. 이렇게 탁 트인 곳에서 저를 노리는 것들이 있을까 봐 무척 걱정되고 무서워요. 당신이 자꾸 제게 말을 거는 것도 부담이에요. 제가 느리게 보이는 건 당신의 기준인 것 같은데, 그러는 당신은 왜 그리 급한 건가요? 그렇게 빠른 속도로 움직이면 몸에 이상이 생기지 않나요? 뭔가가 당신을 잡아먹으려고 쫓아오나요?"

달팽이의 기습 질문에 나는 당황했다. 뭐라고 대답해야 할까? 글쎄, 나는 왜 기를 쓰고 빨리 가려고 할까? 나는 더듬거리면서 설명했다.

"아, 저는 훈련하고 있었어요. 건강을 위해서요." 달팽이는 이해 가지 않는다는 듯이 더듬이를 기울였다. 그리고 말했다.

"훈련이요? 건강을 위해서 그런다고요? 왜 그래야 하죠? 이상하네."

달팽이는 코웃음을 치는 것 같았다. 나는 기가 막혀서 말했다.

"지금 저를 비웃는 겁니까? 하하! 당신 종족은 훈련이라는 걸 안 하나 보죠?" 달팽이가 대답했다.

"저를 비롯한 우리 종족에게 훈련이라는 말은 존재하지 않습니다. 호흡하고 먹고, 자는 생명 활동이 모두 생존과 연결되어 있기 때문입니다. 훈련이요? 그건 일종의 연습인가요? 뭘 위한 연습이죠? 즐거움? 성취감? 그런 감정을 어디에 쓰죠? 그런 감정은 당신 종족이 생존하

는 데 꼭 필요한 건가요? 물론 우리도 그런 종류의 감정
이 있습니다. 예를 들어 배불리 먹고 난 다음 느끼는 것,
안락한 보금자리를 찾았을 때, 교미할 때! 이럴 때 느끼는
감정은 안정감이라고 표현하는 게 적당할 것 같군요."

나는 할 말을 잃었다. 곰곰이 생각했다. 인간은 저마다
다른 방식으로 '행복'을 찾기 위해 애쓴다. 어떤 사람은
명상하고 어떤 사람은 음악을 듣고, 또 어떤 사람은 쉬지
않고 일을 한다. 어떤 사람은 헬스장에서 역기를 들어 올
리고, 또 다른 사람은 산에서 달린다! 즐거움, 성취감 같
은 게 없다면 인간은 어디서 행복을 느낄 수 있을까? 나
는 또 달팽이에게 물었다.

"당신이 갖고 있는 뇌세포가 단 두 개뿐이라는 것을
어느 기사에서 읽었습니다. 맞나요?"

달팽이는 아까보다 더 크게 코웃음 치며 대답했다(해
당 기사는 외국에서 발표된 〈달팽이는 단 두 개의 뇌세포를 이용해 복
잡한 결정을 내릴 수 있다〉는 논문을 오역한 것이다).

"와하하하! 내가 가진 뇌세포가 딱 두 개뿐이라고요?
내가 멍청이라는 소리군요! 종종 친구들이 저보고 멍청
이라고 하긴 하지만, 이건 좀 치명적으로 기분이 나쁘네
요. 저는 제가 몇 개의 뇌세포를 가졌는지 알지 못합니다.
하지만 그것이 단 두 개뿐이라면 지금처럼 살 수 있을까

요? 그러니까 저는 당신이 저를 해치지 않는다는 걸 압니다. 이것은 예전에 비슷한 냄새를 맡았을 때, 제게 아무런 일도 없었다는 걸 기억해냈기 때문이죠. 그렇기에 껍질 속으로 숨지 않고 당신과 대화하고 있는 겁니다."

달팽이는 화난 것 같았다. 이전보다 기어가는 속도가 빨라진 달팽이에게 나는 서둘러 사과했다.

"미안합니다. 당신의 뇌세포가 두 개라고 한 건 제가 아니에요. 저는 그저 확인하고 싶었습니다. 생각해보니 그렇네요. 뇌세포 두 개만으로 복잡한 결정을 한다는 건 천재가 아니라면 불가능할 수도 있다는 생각이 들어요. 당신은 천재일지도 몰라요!"

달팽이는 더 이상 대답하지 않았다. 얼마 지나지 않아 달팽이는 숲속으로 들어가버렸다. "잘 가십시오. 늘 건강히 지내십시오!"

내 인사에도 달팽이는 아랑곳하지 않고 제 갈 길을 떠났다. 달팽이가 떠나고 난 뒤 둘러본 숲은 소란했다. 매미가 울고 여기저기서 새가 조잘댔다. 달팽이라면 숲을 가득 채운 이 소리를 어떻게 받아들였을까? 나는 머리카락을 더듬이 삼아 나만의 속도로 빠르게 달리기 시작했다.

새로운 친구 사귀기

나무에게 말을 걸어보다!

아내가 말했다. "우리 늙으면 어떡하지? 많이 심심할 것 같은데. 게다가 만약에 둘 중 하나가 먼저 세상을 뜨면 남은 한 사람은 대체 뭘 하면서 살까?" 몇 년 전에 이 얘기를 꺼냈다면 분명 피식 웃으며 답할 생각조차 안 했을 텐데 이날은 좀 달랐다. 아내가 꽤 진지하게 물었고, 그제야 내 나이가 중년에 가깝다는 걸 인식했기 때문이다. 부모님, 장인 장모님이 생각나면서 살짝 슬퍼지려는 찰나, 퍼뜩 떠오르는 생각에 나는 아무렇지 않다는 듯 대답했다(참고로 우리는 자녀 계획이 없다).

"매일 산에 가면 되지. 산에 가서 나무랑 얘기하고 동물들도 보고. 그러면 덜 심심하지 않을까?"

즉흥적인 답변이었는데 이후 나는 내가 한 답변을 계속 곱씹었다. 세상에 혼자 남겨졌을 때의 슬픔을 어떻게 극복할 수 있을까? 그 허전함을 어떤 물건, 어떤 행동으

로 채울 수 있을까? 친구들과 매일 파티를 벌일까? 플스
(플레이스테이션)를 장만할까? 강아지나 고양이를 기르면
괜찮을까? 갑자기 나는 100평이 넘는 큰 집에 홀로 남겨
진 상상을 했는데, 그 공간을 무엇으로 채우든 엄청난 크
기의 공허는 그대로일 것이라는 결론에 이르렀다. 나는
나무가 가득한 숲에 들어앉은, 할아버지가 된 나를 그려
보았다.

　그날 오후 나는 집 뒷산으로 갔다. 슬픈 감정을 품고서
가 아니라 설레는 마음으로. 노년에 나와 놀아줄 친구를
찾으러 가는 느낌으로. 그러자 뭔가 이상한 기분이 들었
는데, 이전에는 나를 둘러싼 것들이 그냥 '나무' 혹은 '풀'
이었다면 이 순간 나는 나를 둘러싼 모든 것들이 진정한
생명체라는 것을 깨달았다. 그들이 가끔 이곳을 지나다
니던 나를 당연히 기억하고 있고, 반기고 있다고. 그들은
인간이 눈과 귀로 인식할 수 있는 방식이 아닌 마음을 건
드리는 특수한 소통 기술을 가진 게 확실하다고. 그게 아
니라면 어떻게 그때의 묘한 기분을 설명할 수 있겠는가!
나는 그 자리에서 나무와 친구가 될 수 있다고 확신했다.
그들이 나를 즐겁게 할 수 있고 위로할 수 있고 치유할
수 있다고 말이다.

그럼 친구들의 이름을 알아야 하지 않을까. 아직은 그렇게 친한 게 아니니 '아담스', '갈갈이' 같은 별명으로 부르는 건 좀 그렇고, 일단 통용되는 이름을 찾아서 부르기로 했다. 그래야 그들의 성격과 특징을 알 수 있으니까. 친구를 사귀려면 그들이 좋아하는 건 무엇이고 싫어하는 게 어떤 것인지 알고 그에 맞게 행동해야 될 것이 아닌가. 나는 그들을 신갈이, 오동이1, 오동이2 이렇게 명명했다.

우선 나와 가장 많이 마주친 건 '신갈이'로, 신갈나무로 불리는 이 친구들은 숲 곳곳에 빽빽하게 모여 있었다. 대부분은 세로로 길고 불규칙하게 생긴 껍질이 벗겨져 고르지 않았는데, 어딘가 좀 불편해 보였다. 딛고 선 자리가 비좁은가? 그런데도 잎이 무성한 걸 보니 굉장히 '애쓰는' 것 같았다.

신갈나무는 참나무라고도 하는데, 찾아보니 참나무는 나무군을 일컫는 말로 실제로 참나무라는 나무는 없었다. 참나무에 속하는 나무로는 상수리나무, 굴참나무, 떡갈나무, 줄참나무, 갈참나무 들이 있다. 이들을 신갈나무라고 한 건 인터넷에서 찾아본 열매 모양이 내가 본 것과 비슷했기 때문이다. 아무튼 눈에 띄는 나무는 대부분 신갈나무와 소나무였는데, 둘이 바짝 붙어 있는 모양새가 마치 경쟁을 하는 것처럼 보였다.

다음으로 눈에 띈 건 오동이, 오동나무(개오동으로 추정)
다. 이날 내가 본 오동나무들은 키가 굉장히 컸다. 나무
둘레도 꽤 넓었고, 끝이 보이지 않을 정도로 솟아올라 넓
은 잎으로 하늘을 가리고 있었다. 사람이 살았던 흔적을
지우려는 용도로 심어진 것처럼 이들 주변에는 늘 인공
적으로 쌓아 올려진, 지금은 거의 허물어진 축대가 세워
져 있다. 오동나무의 넓은 잎은 무좀을 치료하는 데 쓰인
다고 하는데, 땅에 떨어진 잎들을 가져갈까 하다가 아내
가 노발대발하는 모습이 떠올라 그만뒀다.

그다음은 은사시나무. 이 나무는 얼마 보지 못했는데,
가지에 걸린 이름표 덕분에 이름이 은사시나무라는 것
을 알 수 있었다. 나무껍질을 보니 다이아몬드 무늬가 새
겨져 있었다. 이 나무가 바로 '사시나무 떨듯'이라는 표
현의 주인공이다. 잎과 나무줄기를 잇는 잎자루가 길어
바람이 불면 나뭇잎이 파르르 떨려서 그렇단다. 아하!
바람 부는 날 잎들을 팔랑거리며 반짝였던 게 너였구나!
다음에 만날 땐 반짝이라고 불러주마.

그리고 왕벚나무. 이 친구들은 봄마다 흰 꽃을 만들어
낸다. 여름이 되니 꽃이 저물어 이 나무가 신갈나무인지
느티나무인지 떡갈나무인지 헷갈렸는데 나무줄기를 보

니 가로로 무늬가 그어져 있었다. 게다가 산 입구, 등산로와 등산로가 만나는 교차로 같은 사람들이 잘 다니는 길가에 덩그러니 놓인 모양이 유독 눈에 띄었다. 봄에 만날 왕벚나무의 모습이 궁금해졌다.

얼마간 숲에 머물렀더니 귀가 울렸다. 매미 우는 소리, 끊임없이 쩍쩍거리는 새, 귓구멍 콧구멍을 기웃대는 날파리 들. 평소보다 조금 더 들여다봤을 뿐인데, 숲은 나무와 풀이 뿜어내는 에너지로 들끓었고 왁자지껄했다.

숲에서 가만히 있으면 평온한 나무의 노래가 들릴 거라고 기대했는데, 반전! 어쩌면 인간 세상과 닮은 이곳에서 나무들과 더 잘 공감할 수 있지 않을까 싶다. 그러면서 나무들과 여러 이야기를 나누고 위로받으며 치유할 수 있지 않을까? 그러니까 늙어서 말고 언제라도 숲에 오면 심심하지는 않겠다. 자주 와서 그들에게 내 얘기도 들려줘야겠다.

브라톱 입고 달리기

반대편에서 생각해보기

아침 일찍 일어나 아내의 옷장을 열었다. 아내는 자고 있었다. 서랍에서 아내가 사용하는 스포츠 브라톱을 꺼냈다. 아주 작았다. '이게 내 몸에 들어갈까? 찢어지지 않을까?' 스포츠 브라톱이 찢어지는 건 별로 걱정되지 않았다. 찢어진 브라톱을 보고 화를 낼 아내의 모습을 상상하니 걱정됐다. 그래도 나는 브라톱을 차야 했다. 자괴감이 들었다. 어쩌자고 이걸 입고 뛰겠다고 했을까?

최근 아내가 달리기를 시작했다. 평생 달리기를 해본 적 없는 사람이다. 그런 사람이 어떻게 달리기를 하기로 마음먹었는지 나는 잘 모른다. 추측하기로는 SNS 때문인 것 같다. 그쪽 동네에서는 요즘 달리기가 '핫'한 모양인데, 어느 날 휴대전화를 한참 들여다보던 아내가 갑자기 외쳤다. "나 달리기 할래!" 아내는 생애 첫 달리기를 마치고 스포츠 브라톱을 주문했고, 며칠 후 그걸 입고 함께 달리기에 나섰다.

달리기를 마치고 아내는 재미있었다거나 좋았다거나 하지 않고 불편하다고 했다. 그녀는 씩씩대면서 말했다. "당신도 스포츠 브라톱 입고 뛰어!" 나는 속으로 코웃음 쳤다. 그것은 말도 안 되는 소리였기 때문이다. 나는 가슴이 없으니까. 내가 그걸 왜? 나는 필요가 없어라고 말하려고 했는데 입에서는 다른 말이 나왔다. "그게 뭐, 힘들어? 트레일러닝 할 때 베스트를 차고 뛰는 거랑 비슷하겠지!" 아내는 화를 냈다. "별것 아니라면 앞으로 열흘 동안 입고 달려봐!" 나는 대답했다. "그래! 해보지 뭐!"

나는 증명하고 싶었다. 스포츠 브라톱은 나의 달리기에 아무런 영향을 미칠 수 없고, 나는 그 불편함을 극복할 수 있고, 그러니 당신이 스포츠 브라톱을 착용하고 뛰는 걸 가지고 나에게 불평하면 안 된다고 당당하게 말하고 싶었다.

호기롭게 말한 뒤 다음 날 아침이 됐다. 나는 아내의 스포츠 브라톱을 들고 거실로 나왔다. 낑낑대면서 그것을 뒤집어썼다. 잘 들어가지 않았다. 어디선가 '드드득' 소리가 났다. 나는 개의치 않고 꿈지럭대면서 브라톱을 착용했다. 숨이 턱 막혔다. 갈비뼈 부분이 살짝 아팠다. 거울

을 봤다. 흉측했다. 재빨리 그 위에 티셔츠를 입었다. 가슴 부분이 볼록하게 튀어나왔다. '이걸 어떻게 가리지?' 그 위에 트레일러닝 베스트를 착용했다. 완벽하게 가려졌다. 갑옷을 입은 기분이었다. 누군가 내 상체를 꽉 움켜쥐고 놔주지 않는 것 같달까? 가슴을 꽉 움켜쥔 보이지 않는 손이 나를 산꼭대기에 올려다 놓는다고 상상하면서 폴짝폴짝 뛰었다. 나는 중얼댔다. "뭐, 불편하진 않네!" 생각보다 기분도 불쾌하진 않았다. 하지만 숨을 참고 뒤집어쓰는 과정이 상당히 힘들고 번거로웠다. 머리가 어질어질했다. 이것은 분명 달리기를 하러 나가는 데 큰 장애물로 작용할 것 같았다.

뒷산으로 올라가 약 10킬로미터 정도 달렸다. 뛰는 동안 압박감은 크게 느끼지 못했다. 심박수가 180을 넘길 때쯤이었을까? 살짝 답답했다. 심박수가 190을 넘길 땐 이것이 브라톱 때문인가? 의심이 들기도 했다. 집에 와서 스포츠 브라톱을 벗었다. 벗는 것도 일이었다. 몸을 말아서 최대한 조그맣게 만들어도 잘 벗어지지 않았다. 이번엔 숨을 내쉰 다음 멈추고 허우적댔다. 겨우 몸에서 떨어져 나갔다. 현기증이 났다. 아내가 방에서 나왔다. 아내는 아무 말 하지 않았다. 대신 혀를 찼다. "쯧쯧." 열흘 동안 스포츠 브라톱을 착용하고 달리겠다는 약속은

흐지부지 넘어갔다. 아내가 고마웠다.

　스포츠 브라톱은 어떤 면에서는 확실히 도움되는 물건일 것이다. 하지만 성가시고 불편한 것도 분명하다. 무엇보다 고르는 과정이 무척 복잡하다는 것을 알았다. 아내는 내가 착용했던 제품을 주문하기 위해 꽤 많은 시간과 공을 들였다. 마치 난이도 높은 게임의 에피소드를 하나씩 깨나가는 것과 비슷했다. 과정을 잠깐 살펴볼까? 가장 먼저 스포츠 브랜드 홈페이지에 여러 차례 들락날락하면서 괜찮은 디자인을 고른다. 다음, 조이는 강도, 그러니까 미디엄 서포트인지 하이 서포트인지 확인한다. 이 용어는 브랜드마다 제각각 쓰여 조이는 힘, 받쳐 주는 강도가 어느 정도인지 정확하게 알기가 어렵다. 긴가민가하면서 제품을 고른다. 다음, 맞는 사이즈가 있는지 또 검색, 여기서 허탕을 칠 수 있다. 어렵게 제품을 골랐어도 사이즈가 없어 다시 처음으로 되돌아가는 경우가 부지기수이기 때문이다. 아내는 이 과정을 며칠 반복했고 끝내 승리했다. 아내는 나보다 더 달리기를 열망하는 것이었다! 내가 그녀였다면 일찍 포기했을 것 같다.
　나는 신체의 어떤 부분 때문에 산에 갈 때 혹은 트레일 러닝을 할 때 불편하거나 신경 쓰는 일이 거의 없다. 아내에 비해 아웃도어 활동을 하는 데 있어 장애물이 비교적 적다는 걸 알았다. 이후 나는 스포츠 브라톱 관련 이야기가 나오면 입을 다물었다. 그거 별거 아니라거나, 까짓것 나도 하겠다는 헛소리는 하지 않기로 했다.

대학교 동아리 박람회에 가다

아저씨, 산악부 면접 보다

"최근 당신을 설레게 한 건 무엇이었습니까?" 나는 지금껏 이 질문을 여러 사람에게 했다. 질문을 받은 사람 거의 모두 머뭇댔다. 그중 "모르겠다"고 답한 사람이 무려 90퍼센트를 차지했다. 머리가 살짝 어지럽고, 배가 아파서 화장실에 가고 싶고, 숨이 잘 쉬어지지 않고, 가슴이 쿵쾅거리면서 심박수가 치솟아 곧 폭발할 것 같은 상태를 설렘에 빠졌을 때 나타나는 생리 현상이라고 해도 될 텐데. 말로 설명할 수 없는 이 경험과 기분은 확실히 아무 때나 가질 수 없는 것이었다. 그러니까 '설렘'은 보석 같은 감정이다. 이것에 가격을 매기면 얼마일까? 나는 최근 오랜만에 설렘을 느꼈다. 근 5년 만이었는데, 5년 동안 내가 번 돈이 5억 원 정도니까, 지난 5년 동안 이 설렘을 위해 살았다는 기분까지 들었으니, 설렘의 가격은 5억 원이라고 하자! 그렇다. 설레는 기분을 얻은 순간 나는 부자가 된 것 같았다.

봄이었다. 거리에 따뜻한 바람이 불었다. 기분이 좋아서 사무실로 들어가기 싫었다. 산에 가는 것도 좀 그랬다. 땀이 나서 면바지가 젖을 것 같았기 때문이다. 면바지가 젖으면 기분이 나쁠 것 같았다. 나는 점심을 먹고 홍익대학교로 갔다. 교정을 걷는 대학생들을 보면 기분 좋은 상태가 오래 지속될 것 같았다.

정문이 시끌시끌했다. 소리가 나는 곳을 보니 테이블이 여러 개 펼쳐져 있었고 테이블마다 학생들이 모여 왁자지껄 떠들고 있었다. 어떤 학생은 마이크를 들고 노래를 불렀고, 어떤 학생은 쌓아놓은 기왓장을 손으로 내리쳐 깼다. 그걸 본 다른 학생들은 소리를 질러댔다. 체육관 앞은 아주 시끄러웠다. 입구에 '동아리 박람회'라고 쓰여 있었다. 흥미로웠다. 기분이 아까보다 더 좋아졌다. 축제가 열리는 행사장에 온 것 같았다. 한껏 고양된 기분이 나를 무엇이든 할 수 있게 만들었다. 나는 재학생처럼 행동하기로 했다. '산악부에 가입해보자!' 나는 대담해졌고 산악부 테이블을 찾아 두리번댔다.

얼마 안 가 산악부라고 쓰인 테이블 앞에 섰다. 테이블 위에는 로프와 헬멧, 주마가 하나씩 놓여 있었다. 썰렁했다. 꽁지머리를 한 남학생이 나를 쳐다봤다. 그가 말했다.

"어서 오세요. 산악부 가입하려고요?"

얼떨떨해진 나는 작은 목소리로 말했다. "아, 네." 그러자 꽁지머리 학생이 설명했다.

"산악부에 가입하면 클라이밍을 해요. 백패킹도 하고요."

그는 의심하는 기색 없이 말했다. 갑자기 자신감이 솟구쳐 꽁지머리 학생에게 질문을 퍼부어댔다.

"산에 매주 가나요? 암벽등반도 하나요? 회원이 몇 명이죠? 술을 자주 마시나요?"

그가 대답했다.

"네, 산에 가긴 하는데, 여기는 클라이밍반이랑 산악반이 나뉘어 있어요. 클라이밍반은 주로 실내 암장에서 운동을 하고요, 산악반은 백패킹을 하거나 암벽등반을 해요. 지금 재학생 회원은 마흔 명 정도 돼요. 그중 자주 나오는 사람은 열 명 정도 되고요. 술은 자주 안 마셔요. 아주 가끔 모였을 때 조금 하는 정도요."

나는 놀라는 척하면서 다시 물었다.

"재학생이 마흔 명이나 된다고요? 그럼 졸업한 사람들도 있나요?"

그가 대답했다.

"네, 졸업한 형들도 가끔 만나는데, 자주 보지는 못했어요."

꽁지머리 학생이 나에게 질문했다.

"실례지만 나이가 몇이죠? 몇 학번이에요?"

나는 거짓말을 했다.

"스물아홉 살이에요. 18학번 법학부요."

그는 기뻐하는 기색이 아니었다. 반대로 나는 신이 나서 산악부에 가입하겠다고 했다. 꽁지머리 학생이 테이블에 놓인 QR 코드를 가리켰다. 휴대전화로 QR 코드를 스캔하니 산악부 입회 신청을 할 수 있는 문서가 나왔다. 질문 사항에 따라 답변을 기입하고 '신청하기' 버튼을 눌렀다. 완료. 꽁지머리 학생이 말했다.

"입회 면접을 볼 거예요. 아마 회장이 연락할 겁니다."

나는 알겠다고 하고선 체육관에서 나왔다.

쿵쾅대는 가슴을 안고 나는 다시 사무실로 돌아왔다. 회사 막내 기자(조경훈 기자는 작년에 대학을 졸업했다)에게 도움을 요청했다.

"경훈아, 나 방금 홍익대학교 산악부 입회 원서 썼어. 면접 봐야 한대. 어떻게 해야 할지 알려줘."

조경훈 기자는 웃었다. 그는 즉석에서 대본을 만들었다.

"선배, 선배는 지금 18학번이고요. 학교에 입학하자마자 군 입대를 한 거예요. 제대를 하고선 코로나가 터져서 호주로 유학을 갔고요, 작년 말에 귀국해 이제 막 학교에 다시 온 겁니다. 아, 호주 어디서 공부했냐고 물으면 '퍼스'라고 대답하면 될 것 같아요. 그러면 더 이상 캐묻지 않을 거예요. 왜냐하면 거긴 별로 유명하지 않거든요."

나는 알겠다고 했다. 조경훈 기자에게 '코로나 학번'에 관한 정보도 얻었다. 코로나 학번은 코로나가 발병한 이듬해인 2020년부터 대학교에 입학한 학생들을 말하는데 20~21학번이 여기에 해당된다. 이 시기에 복학한 15~19학번도 코로나 학번이라고 할 수 있다. 조경훈 기자에 따르면, 이들은 학교 다니는 게 딱히 재미있지 않았다. 강의실은 텅텅 비어 있었고, 도서관만 문을 열었는데, 그마저도 거리두기 제한 때문에 학생들은 열람실에 드문드문 앉았다. 자취방에서 친구들이 모여서 하는 이야기의 거의 대부분은 "코로나 대체 언제 끝나냐?"거나 혹은 취업 관련 대화였다. 그때를 회상할 때 떠오르는 배경색은 늘 우중충한 회색이다. 비는 내리지 않고 컴컴하기만 한 우울한 회색빛 구름. 조경훈 기자가 덧붙여 설명했다.

"그때와 지금은 극과 극이에요. 지금은 들썩들썩 댑니다! '미친' 분위기예요."

얼마 후 휴대전화로 문자가 왔다.

"안녕하세요, 산악부 면접 오늘 6시 20분에 시간 괜찮을까요? 학생회관으로 오시면 됩니다."

나는 가겠다고 답장했다. 기다리면서 내내 초조했다.

191

손발이 가만히 있질 못했다. 면접 보기 30분 전, 나는 사무실에서 나와 택시를 탔다. 쏜살같이 홍대 정문으로 갔다. 떨렸다. 뛰지 않았는데도 숨이 찼다. 나는 계속 크게 숨을 내쉬고 뱉었다. 오후 6시 10분. 학생회관 산악부실 앞에는 아무도 없었다. 문을 열고 들어가니 큰 테이블 너머에 두 명의 학생이 앉아 있었다. 나는 쭈뼛대며 그들에게 말했다.

"저, 면접 보러 왔는데요."

그들 중 한 명이 말했다. "앉으세요."

내 옆에 의자가 세 개 더 있었다. 두 명이 더 면접을 보러 온다고 했다. 나는 이전보다 더 떨었다. 한쪽 손과 발이 떨리는 걸 그들에게 들킬까 봐 조용히 숨을 들이켰다가 내뱉었고, 한 손으로 다른 손을 꽉 붙들었다. 면접을 보러 온 또 다른 학생 둘이 동아리 방으로 들어왔다. 그들은 내 옆에 나란히 앉았다. 면접관이 말했다.

"산악부 지원해주셔서 감사드리고요. 자, 이제 면접을 보겠습니다. 먼저 공통 질문으로 자기 소개 부탁합니다."

내가 첫 번째로 말했다.

"안녕하세요, 법학부 18학번, 2학년에 재학 중인 윤성중입니다."

면접관의 표정은 무심했다. 옆에 앉은 학생들도 대답

했다.

"22학번 경영학과 ○○○입니다."

"24학번 미술대학 자율전공 ○○○입니다."

이어서 면접관이 말했다.

"그럼, 산악반에 지원한 분 먼저 이야기 들어볼게요. 산악반 지원 이유를 들어볼 수 있을까요?"

산악반에 지원한 경영학과 학생이 대답했다.

"음, 음. 평소에 등산하는 거 좋아하는데요, 보통 혼자 갔습니다. 이번에 학교 근처에서 자취를 하게 됐어요. 등산 좋아하는 분들과 함께 산에 가면 재미있을 것 같아서 지원했습니다. 서울에 있는 산은 거의 다 가봤고, 한라산은 아직 못 가봤습니다. 올해 한라산 가는 게 목표입니다."

면접관이 또 물었다.

"저희 산행은 금요일이나 토요일에 진행할 거예요. 격주로요. 필참! 꼭 참석해야 하고요. 시간 괜찮을까요?"

경영학과 학생이 대답했다.

"네, 금, 토면 괜찮을 것 같습니다."

다음, 면접관이 나를 쳐다보면서 말했다. 나는 침을 꼴깍 삼켰다.

"저기, 선배님, 혹시 산악부에는 왜 가입하고 싶으세요?"

나는 대답했다.

"네, 요즘 인스타그램에서 산에 가는 사람들 많이 봐서요. 학교에도 그런 모임이 있을까 싶어 찾아봤는데, 오늘 아침에 보니까 있더라고요! 아까 설명 참 잘해주셨어요."

면접관이 고개를 끄덕이면서 다시 질문했다.

"저희가 클라이밍반이랑 산악반이랑 구분이 되어 있는데, 혹시 등산에 더 관심이 많으신가요? 입회 신청서엔 클라이밍반에 들고 싶다고 쓰셨는데(클라이밍반은 실내 클라이밍 활동을 주로 한다)."

나는 말했다.

"아, 저는 둘 다 하고 싶습니다! 익스트림한 거 좋아합니다!"

면접관은 또 고개를 끄덕였다. 내 대답이 마음에 드는 눈치였다. 면접관은 미술학도를 보면서 질문했다.

"클라이밍반에 지원하셨는데, 홍대하고 강남 둘 중 어디가 클라이밍하기 더 편하세요? 클라이밍장에 갈 때 돈이 좀 드는데, 개인 지출을 해도 상관없으세요?" 미술학도가 대답했다. "저는 아무 데나 다 좋습니다. 제 돈 내고 가도 상관없어요."

면접관이 말했다. "저희가 준비한 질문은 다 끝났고요. 궁금한 게 있으실까요? 결과 발표는 금요일이에요.

전화로 연락드릴게요."

동아리 방이 잠잠해졌다. 면접이 짧게 끝나 실망한 나는 손을 들어 말했다. "저 궁금한 게 있습니다!" 면접관은 놀랐다는 듯 눈이 동그래졌다. "네, 말씀하세요." "저, 떨어질 수도 있나요?"

면접관의 얼굴에서 웃음기가 나타났다가 사라졌다. 면접관이 근엄하게 말했다.

"지금 클라이밍반이랑 산악반이랑 나눠서 배분하긴 할 건데, 한쪽에 너무 몰리면 떨어질 수도 있습니다." 나는 또 질문했다.

"지금 혹시 몇 명 지원했는지 알 수 있을까요?" 면접관은 당황한 것 같았다. 면접관이 말했다.

"열 명? 아니, 아니! 지금 말씀드리긴 좀 그렇고요. 두 반 합해서 스무 명 정도 뽑을 겁니다. 지금 간당간당하네요." 이어서 나는 대답했다.

"저는 아무 반이나 좋습니다! 사람 적은 반에 넣어주세요!" 면접관이 웃었다. 나도 웃었다. 이어서 면접관이 말했다.

"이제 면접은 끝났고요, 저희끼리 어떻게 할지 얘기를 좀 해봐야 할 것 같습니다. 안녕히 가세요."

나와 경영학과 학생, 미술학도는 우물쭈물 동아리방에

서 나왔다. 떨리던 손발이 진동을 멈췄다. 다시 대학생이 된 것 같았다. 낮에 본 파란 하늘이 머릿속에 다시 떠올랐다.

♣ 면접 후기

면접을 마치고 나는 곧바로 동아리방으로 돌어가 신분을 밝혔다. 그들은 황당해했다. 그러면서 재미있다는 듯 웃었다. 이어서 홍익대 산악부 대장 21학번 신경철 학생과 대화를 나눴다.

현재 홍익대학교 산악부 재학생 회원 수는 마흔 명 정도 된다. 하지만 그중 산에 다니거나 동아리 활동에 열심히 참여하는 학생 수는 다섯 명 정도다. 지금 회원 수가 많아진 건 코로나 시대가 끝나고 클라이밍장(실내 암장) 이용자들이 늘어난 덕분이다. 회원 수가 많지만 회원끼리 자주 만나지는 않는다. 동아리 방에서 음주 행위는 금지됐고, 학생들조차 술을 많이 마시지 않는 추세다. 회원 간 유대가 옛날처럼 끈끈하지 않다. 홍익대학교 산악부는 한때 재학생 회원 수가 줄어 기수가 끊어지다시피 했다. 2018년쯤엔 동아리방이 없어졌다가 졸업생 회원들의 노력으로 작년에 학생회관 4층에 작은 방을 얻었다(달리기 동아리가 쓰던 방이었다).

내가 진짜 홍익대학교 18학번 재학생이었다면 그는 나를

산악부 신입 회원으로 뽑았을까? 물어보니 그는 이렇게 대답했다.

"네, 합격했을 거예요. 2학년이라면 앞으로 산악부 활동을 오래 할 수 있을 테고, 또 우리가 하자는 것, 하고 싶은 것이 있다면 잘 따라올 것 같았어요. 아, 그리고 기자님이 우리 학교 학생이 아니라는 의심은 하지 않았어요. 왜냐하면 학교에 만학도가 꽤 있으니까요. 대신 어떻게 수년간 휴학을 할 수 있는지 궁금하긴 했어요."

일러스트레이터와의 탐조 산행

햇빛 내리쬐는 소리에 귀 기울이기

새벽 6시 30분, 함께 산행할 사람과 오전 7시에 만나기로 했다. 약속 시간보다 30분 일찍 나온 탓에 나는 근처 편의점 탁자에 자리를 잡고 앉았다. 햇빛이 눈부셨다. 그리고 더웠다. 그럼에도 꼼짝 않고 앉아 어딘가로 바쁘게 걸어가는 사람들을 관찰했다. 저 사람 보라색 반바지 색이 너무 튀는데? 음, 저 사람은 아침부터 뭘 저렇게 먹지? 아침 굶었나? 나는 그들이 품은 이야기를 상상했다. 재미있었다! 마치 TV 앞에 앉아 다른 세상을 구경하는 것 같았다.

멀리 윤예지 작가가 보였다. 나는 자리에서 일어났다. TV 속으로 들어가듯, 보이지 않는 막을 걷어내고 뚜벅뚜벅 그녀에게 다가갔다.

"저, 윤예지 작가님이시죠?"

윤 작가가 나를 보며 대답했다.

"네, 맞아요!"

그녀는 유명한 일러스트레이터다. 오래전부터 나는 그녀의 팬이었다. SNS를 통해 그녀가 탐조에 나서고 있다는 걸 알았다. 탐조를 한 후 그녀는 새 그림을 자신의 SNS에 올렸다. 윤예지 작가와 새를 관찰하고 함께 그림을 그려보면 어떨까? 그녀를 만날 수 있는 기회라고 생각하고 한 달 전 이메일을 보냈다.

"안녕하세요, 저는 《월간 산》 편집부에서 일하는 윤성중이라고 합니다. […] 작가님과 함께 산에서 새를 관찰하는 이야기를 '등산 시렁'에서 다루고 싶습니다. 가능할까요?"

그녀는 흔쾌히 수락했다. 몸이 공중으로 치솟을 것 같았다. 이윽고 날짜를 잡고 마침내 그녀를 만났다! 윤 작가는 산행 복장을 하고 배낭을 멘 채였다. 몸 앞쪽에 쌍안경도 둘러멨다. 마음이 두근두근했다. 그녀에게 대뜸 말을 걸었다.

"오래전부터 저의 우상이었어요!"

그녀는 부끄러운 듯 대답했다.

"아, 그렇군요. 그런데 과거형이네요. 요새 밖에서 싸돌아 다니느라 그림을 안 그려서 큰일 났어요."

일을 하면서 우상을 만날 수 있다니! 나는 운이 좋은

사람임에 틀림없었다. 감동의 물결로 일렁이는 마음을 다잡고 그녀를 산 입구로 안내했다. 숲이 울창했다.

"오늘 은평구 봉산으로 갈 거예요. 여기는 거기로 가는 입구고요."

윤 작가가 대답했다.

"아, 이런 곳이 있었군요? 여기도 새가 많겠어요. 보통 마을하고 산의 경계 지대에 새가 많다고 들었거든요."

그녀는 초보 탐조가다. 쌍안경을 들고 새를 관찰하기 시작한 건 올해 초부터다. 등산 초보이기도 하다. 그녀가 산에 다니게 된 이유를 설명했다.

"나이가 들어서 그런가? 저도 왜 갑자기 산이 좋아지게 된 건지 궁금해요. 카페나 맛집 가는 게 좀 물렸다고 해야 할까요? 클럽 가서 놀 나이도 지났고요. 이렇게 제 발로……."

그녀가 말하는 사이 눈앞으로 새 한 마리가 날아갔다. 그녀가 소리쳤다.

"와! 저거 물까치다! 여기 근처에 물이 있나요?"

윤 작가는 재빨리 쌍안경을 꺼내 새를 관찰했다. 물까치가 어딘가로 날아가자 그녀는 다시 말했다.

"실은 탐조를 시작한 지 두세 달밖에 안 됐어요. 오! 저건 직박구리!"

그녀를 잠시 내버려둬야겠다고 생각했다. 나도 함께 새를 바라봤다. 일본 만화책에 나오는 폭주족 머리를 한 직박구리가 "삐익—"하고 울었다. 직박구리 말고도 여러 새소리가 들렸다. 윤예지 작가는 자신의 휴대전화를 보여주면서 말했다.

"이 앱들이 뭐냐 하면 말이죠. 지금 들리는 새 울음소리가 어떤 새의 것인지 찾아주는 거예요."

그녀는 앱을 켜고 어떤 새가 재잘대는 중인지 탐색했다. 이윽고 그녀가 외쳤다.

"오! 여기 파랑새가 있대요. 꾀꼬리도 있고, 청딱따구리도 있다네! 헐! 물총새도 산대요!"

우리는 가만히 새소리를 들었다. 가까이서 들어보니 울음소리가 달랐다. 그 소리가 내 귀에는 이렇게 들렸다.

"야, 저기 이상한 사람들이 우리를 감시하고 있어, 조심해!"

우리는 능선으로 올라갔다. 나무들 키가 작아서였을까? 아래쪽과 달리 새가 잘 보이지 않았다. 윤예지 작가는 쌍안경을 눈에 붙인 채 이곳저곳을 살폈다. 그녀가 내게도 쌍안경을 건넸다.

"이걸로 보실래요?"

나는 쌍안경을 받아들고 새가 있는 곳으로 렌즈를 돌

새 소리 검색 앱

BirdNET Merlin Bird ID

쇠 딱따구리
'쇠'는 작다는
뜻의 우리말

검은지빠귀
'티티새' 라고도
부른다

곤줄박이
'검정색이
박혀있는 새'
라는 뜻

뱁새
(붉은머리
오목눈이)

움직일 때 꽁지를 흔든다

어치
다른 새의
소리를
잘 흉내냄

윤예지 @seeouterspace
작가

렸다. 직박구리가 아주 크게 보였다. 직박구리는 내가 보고 있다는 걸 눈치채지 못한 채 어수선하게 고개를 갸웃댔다. TV 프로그램 동물의 왕국을 선명한 화질로 보고 있는 것 같았다. 직박구리가 웃긴 말을 하거나 웃긴 몸동작을 하는 것도 아닌데 아주 재미있었다. 직박구리의 일상을 머릿속에 그려보기도 했다. 고개를 두리번대면서 먹이를 찾는 것 같았는데, 쟤는 뭘 먹을까? 가족은 어디 있을까? 궁금증이 꼬리를 물고 나타났다. 그녀가 눈에 쌍안경을 붙이고 다니는 심정이 이해가 갔다.

우리는 다른 새를 찾으러 산속 깊숙이 들어가보기로 했다. 다시 산길에 발을 들였다. 다른 새소리가 들렸다. 윤예지 작가가 앱을 켰다.

"검은지빠귀인가? 동고비인가?"

그때 몸 색깔이 회색인 작은 새가 등장했다. 동고비였다. 윤예지 작가는 들고 온 도감을 폈다. 그러고선 동고비의 특징에 대해서 읊었다.

"쟤 되게 웃겨요! 나무를 거꾸로 타고 내려오는 기술을 갖고 있대요. 어머, 진짜 그러네. 하하하 귀여워라."

나 또한 동고비가 나무를 거꾸로 타고 내려오는 걸 목격했다. 그녀를 따라 웃었다. 우리는 좀처럼 한곳에서 벗어나지 않고 새를 관찰했다. 내 생에 가장 느린 산행 속도였다. 그럼에도 충분히 재미있었다. 자연을 관찰하는 삶은 얼마나 즐거울까? 별안간 나는 '관찰자'라는 직업에 관해 생각했다. 관찰만 하면서 사는 사람은 분명 있다. 우리 동네에 사는 어떤 할머니는 출근길에 역 앞에 있는 의자에 앉아 지하철역으로 가는 사람들을 가만히 쳐다본다. 할머니는 우리가 새를 관찰하듯 사람들을 살펴봤던 것이다! 그렇게 보면 나도 관찰자다. 산에서 관찰한 걸 글로 옮긴다. 윤예지 작가도 관찰자다. 관찰한 걸 그림으로 그린다. 사람들을 관찰한 걸 사진으로 찍거나 말로 떠들거나 마음에 품는다. 따져보면 세상 모두가 관찰자인 셈이다. 우리 모두 재미있게 살고 있는 거잖아! 전 세계 사람들이 자신이 관찰자라는 사실을 자각한다면 "재미있어, 재미있어!" 하면서 지구가 떠들썩해질까?

우리는 계속 새를 관찰하면서 천천히 오르막을 올랐다. 능선에 이르자 정자와 테이블이 나왔다. 윤예지 작가는 그제야 쌍안경을 내려놨다. 나는 그녀를 관찰하기로 했다.

"새를 보고, 이름을 아는 게 무슨 의미가 있을까요?" 윤예지 작가가 대답했다.

"글쎄요. 재미있잖아요. 알면 더 많이 보여요. 남이 신은 신발을 볼 때도 저것이 어떤 브랜드인지, 어떨 때 신는 신발인지 알면 그 사람의 취미를 알게 되잖아요. 탐조하면서 느낀 건데요, 그동안 내가 본 것, 직박구리나 물까치나 이름을 알기 전에 본 건 본 게 아니라는 걸 알게 됐어요. 음악을 들을 때도 그냥 배경음악으로 틀어놓는 거랑 누가 부르는지 알고 듣는 거랑 느낌이 확 다르잖아요."

그때 갑자기 우리 뒤에서 "꿩, 꿩!" 소리가 났다. 윤예지 작가는 또 흥분하면서 말했다.

"저 소리가 꿩의 울음소리라는 걸 얼마 전에 알았어요. 그 뒤로 남산에 꿩이 산다는 걸 알았어요. 강원도 쪽에는 산에 산양이 산다면서요? 실제로 보고 싶어요!"

꿩이 인터뷰를 망쳤다. 그래도 상관없었다. 우리는 되는 대로 이야기를 나눴다. 그녀는 올 가을에 열리는 마라톤 풀코스 경기에 참가 신청을 했다. 완주를 위해 온몸과 마음을 다해 운동하고 있다. 생활이 단순해졌다. 일찍 자고 일찍 일어나 달리기를 한다. 술을 덜 마신다. 그리고 배가 자주 고프다. 마라톤 말고도 트레일러닝, 등산, 백패킹, 프리다이빙 등 아웃도어 활동에 관심이 많아졌다. 어렸을 땐 미처 몰랐던 세계에 발을 들여놓고 탐험을 즐기는 중이라고 했다. 그녀는 이렇게 말했다. "십대나 이십대 때는 마구 놀고 삼사십대쯤 대학에 가도록 제도가 바뀌면 좋겠어요. 지금 저는 모든게 흥미로워요! 무엇이

든지 더 공부하고 싶어요!"

그녀는 숨 가쁘게 신나는 일상을 보내고 있었다. 나도 덩달아 신이 났다. 우리는 새처럼 떠들었다. 그러다가 퍼뜩 다시 새를 찾기 위해 자리에서 일어났다. 능선 길을 따라갔다. 얼마 안 가 큰 나무가 둘러싼 넓은 공간이 나타났다. 여기저기 새소리가 울렸다. 윤예지 작가가 쌍안경을 들었다. 이윽고 그녀가 소리쳤다. "와! 저기 딱따구리가 있어요!" 빨간색 머리를 한 딱따구리가 나무를 기어오르면서 부리로 나무껍질을 쪼고 있었다. 나는 그녀 앞에서 알고 있는 지식을 뽐냈다.

"동고비는 딱따구리가 만들어놓은 집에 보금자리를 마련한대요. 딱따구리의 집을 뺏는 거죠." 그러자 윤예지 작가가 대답했다. "동고비 말고도 딱따구리 집을 탐내는 새가 많대요. 딱따구리는 그래도 상관없나 봐요. 아무래도 바보 같아요. 하하하!"

우리는 한참을 그곳에 머물며 새를 관찰했다. 여러 종류의 새가 우리 주변에 날아다녔다. 쇠딱따구리, 큰오색딱따구리, 검은지빠귀, 흰배지빠귀, 곤줄박이, 뱁새, 박새, 어치, 산솔새, 멧비둘기 등. 새 동물원이라고 해도 될 것 같았다. 윤예지 작가는 새들을 발견할 때마다 보물을 주운 것처럼 기뻐했다. 기뻐하는 동시에 쌍안경을 들고 한참을 들여다본 다음 다시 도감을 뒤져서 새의 특성을 살폈다. 그녀는 아주 바빴다. 나는 여유롭게 서서 새소리를 들었다. 그렇게 한참 숲에서 머물렀다. 산에서 내려오니 점심 때였다. 햇빛 내리쬐는 소리가 '쨍' 하고 들렸다.

아웃도어 매장 일일 직원 체험

직접 만져보면 달라요!

나는 책 만드는 일을 한다. 책 속에 글과 사진을 실어 꽉꽉 눌러 담는 역할을 맡고 있다. 지금까지 살면서 책이라는 자루에 뭔가를 넣기만 했지 그 자루를 묶어서 다른 사람에게 직접 팔아본 적은 없었다. 다른 일을 해보면 어떤 기분일까? 글이나 사진처럼 눈으로 봐야 알 수 있는 물건 말고 손으로 잡고, 입고, 뒤집어쓸 수 있는 물건을 팔아보자! 아웃도어 제품을 팔아서 돈을 만져보자! 의욕이 솟았다. 잘할 수 있을 것 같았다. MSR, 써머레스트, 랩, 잠발란 등의 아웃도어 브랜드 제품을 한국에 들여와 유통하는 호상사에 전화했다.

"저, 아웃도어 회사에서 일일 체험 근무를 하고 싶습니다. 가능할까요?"

전화를 받은 사람은 마케팅팀 이다래 주임인데, 그녀는 놀란 눈치였다. 더 정확하게 말하면 그녀는 내가 무슨 말을 하는지 이해 못 하는 것 같았다. 그녀가 대답했다.

"네? 기자님이 우리 회사에서 일을 하고 싶다고요? 입사를 하겠다는 건가요?"

나는 자세하게 설명했다. "아니요, 이직을 하고 싶다는 게 아니고, '아웃도어 회사에서 일하기' 콘셉트로 기사를 쓰고 싶습니다. 체험 기사죠. 마케팅팀이건 물류팀이건 아무 데나 좋습니다. 하루만 저를 써주십시오!"

이다래 주임은 알겠다고 했다. 그녀는 나에게 여러 일자리를 제안했다. 고객과 함께 산에서 일출 보기, 고객과 함께 암릉 등반하기 등. 나는 마음에 들지 않았다. 산에 가는 건 내가 늘 하는 일이었으니까. 나는 당당하게 요구했다.

"매장에서 일하고 싶습니다!"

그녀는 또 알겠다고 했다. 얼마 후 전화가 왔다.

"북한산성 입구에 저희 직영매장이 생겼어요. 거기서 하루 일해보시겠어요?"

마음에 들었다. 좋다고 했다. 약속을 잡고 출근 날을 기다렸다.

집에서 북한산성까지 꽤 멀었다. 지도 앱을 켜서 계산

해보니 두 시간 정도 걸렸다. 매장 출근 전날 나는 일찍 잤다. 다음 날 지하철을 갈아타는 시간까지 포함해 한 시간 10분, 구파발역에서 내려 버스 정류장까지 가는 데 5분, 버스를 기다리는 데 20분, 704번 버스를 타고 북한 산성 입구까지 가는 데 20분, 입구에서 매장까지 가는 데 15분, 총 두 시간 10분 걸려 '시에라아웃도어 북한산 성점'에 도착했다. 아침 10시였다. 비가 조금 내리고 있었다. 매장에는 이수연 부점장이 있었다. 그녀에게 인사했다.

"안녕하세요, 오늘 일일 근무하게 된 윤성중이라고 합니다. 잘 부탁드립니다." 그녀는 웃으면서 말했다.

"안녕하세요. 어서오세요!"

나는 카운터에 자리를 잡았다. 옷을 갈아입을 필요가 없었다. 청소를 하거나 커피를 타는 등 당연하게 해야 할 일이라고 생각한 것들은 굳이 하지 않아도 됐다. 호상사가 취급하는 브랜드 제품들로 채워진 시에라아웃도어는 2023년 3월 1일 문을 열었다. 매장은 깔끔했고, 제품들은 제자리에 반듯하게 놓여 있었다. 부점장이 말했다.

"오늘은 평일이고 게다가 비가 와서 손님이 얼마 없을 거예요. 어떡하죠? 크게 할 일이 없는데."

나는 실망하지 않았다. 카운터 뒤 의자에 앉아 가만히

있었다. 얼마간 그렇게 있다가 매장 한가운데로 나가 제품들을 살펴봤다. 랩 제품들이 걸려 있었다. 이름을 확인하고 가격을 살펴봤다. '여기는 바이탈 후디 바람막이가 있고, 저기는 남성용 보리얼리스가 있고, 저기는 여성용. 뒤쪽엔 캉리 고어텍스 재킷이 있고, 매트릭스 등산바지가 있구나!' 자리로 돌아와 부점장에게 질문했다.

"혹시 손님에게 하지 말아야 할 말이나 이 매장에서 지켜야 할 규칙 같은 게 있을까요?" 부점장이 대답했다.

"아니요, 딱히 그런 건 없어요. 음, 굳이 있다면, 내가 들었을 때 기분이 나쁜 말 같은 걸 하지 않으면 돼요. 손님을 친구처럼 대하면 좋을 거예요. 예를 들어, 저는 보통 손님에게 오늘 어디 갔다 왔는지 물어봐요. 자연스럽게 수다를 떠는 거죠. 그렇게 대화를 나누다 보면 손님의 취향이 어떤지, 어떤 물건이 필요한지 금방 알 수 있어요. 아, 손님을 귀찮게 하지 않는 것도 중요해요."

이수연 부점장은 아웃도어 매장에서 7, 8년 정도 일했다. 그 전엔 보험회사 내근직으로 있다가 자녀들이 초등학교 입학하면서 관뒀다. 아이들이 어느 정도 자란 다음 다시 일터로 복귀한 케이스다. 부점장은 북한산성 인근 은평구 진관동에서 살고 있는데, 따라서 이 지역 아웃도어 매장 흥망성쇠에 관해 자세히 알고 있었다. 오전에 손님이 없는 동안 그녀가 들려준 이야기는 아주 흥미로웠다. 3년여 전부터 최근까지의 한국 아웃도어 시장 분위기가 읽혔다.

"7, 8년 전 여기 매장 대부분은 국내 대형 브랜드 대리점이었어요. 주로 건물주들이 매장을 운영했죠. 장사가 아주 잘됐어요. 그런데 어느 순간 대리점들이 문을 닫았어요. 얘기를 들어보니까 업체에서 매장 인테리어를 바꾸라고 요청했다고 해요. 거기에 들어가는 비용 수억 원은 대리점주들이 대야 했고요. 대리점주들은 그 돈을 내고 인테리어를 새로 할 형편은 안 됐어요. 어떡하겠어요? 문을 닫아야지. 그러고 나서 여기 상권이 좀 주춤했어요. 요새 들어 다시 활기가 도는데, 근처에 대형 프랜차이즈 카페가 생겨서 그런 것도 있어요. 요즘 거기 사람이 엄청 많아요. 신기하게 지금 여기엔 대리점이 없고 전부 직영점이에요. 본사에서 직원이 직접 나와서 매장을 운영하고 있죠. 저기도 직영점이고, 요 앞 매장도 직영점이고, 저기 입구에 있는 것도 직영점이네요!"

이야기를 하던 중 첫 번째 손님이 들어왔다. 손님이 말했다.

"지나가는데 옷 색깔이 예뻐서 들어왔어요. 이거 여자 건가요?"

이수연 부점장이 나섰다.

"안녕하세요, 그건 남자 거예요. 여성용은 여기 있어요! 보신 색깔은 여성용 제품에는 없어요. 여기 와서 마음껏 입어보세요!"

손님은 랩의 보리얼리스 재킷을 들었다 놨다 했다. 손님이 다시 말했다.

"이거 큰 거 있어요? 엉덩이를 가리고 싶은데."

이번에는 내가 나섰다.

"네! 당연히 있죠. 그런데 더 큰 걸 찾는다면 남자 사이즈로 입어도 괜찮을 것 같은데, 이거 한번 입어보세요!"

손님이 대답했다.

"아이고, 남자 앞에서 입어보기 창피한데, 안 돼요!"

손님은 매몰차게 거절했다. 그 손님은 얼마 안 있다가 매장에서 나갔다. 나는 머쓱해졌다. 이수연 부점장은 괜찮다고 했다.

한동안 손님이 없었다. 부점장은 나에게 다른 일을 시켰다.

"아, 컴퓨터에 프린터 프로그램 깔아야 하는데, 할 수 있겠어요?"

　나는 할 수 있다고 말했다. 부점장에게 CD를 받아들고 컴퓨터 앞에 앉았다. 그런데 잘 되지 않았다. 나는 땀을 뻘뻘 흘리면서 헤맸다. 약 한 시간 동안 컴퓨터 앞에서 인상을 쓰고 있는 동안 여러 사람이 매장에 왔다가 나갔다. 나는 그들이 손님인지 본사 직원인지 신경 쓸 여력이 없었다. 프로그램 깔기에 열중했다. 결국 프로그램 깔기에 실패했다. 부점장은 괜찮다고 했다. 나는 또 머쓱해져 카운터에 오도카니 앉았다.

　오후가 됐다. 점심을 먹고 들어와 카운터에 앉았다. 손

님이 왔다. 이번엔 사십대로 보이는 커플이었다. 그들은 곧장 잠발란 등산화 코너로 가서 물건을 살펴봤다. 나는 그들에게 다가가서 말했다.

"뭐, 필요한 게 있으세요?"

손님은 나의 도움이 필요 없다는 눈짓을 했다. 나는 뜨끔해서 뒤로 물러났다. 얼마 후 부점장이 그들에게 접근했다. 부점장의 동작은 매끄러웠다. 커플은 상큼한 바람을 맞은 것처럼 부점장의 설명을 듣고 웃었다! 그리고 제품을 들고 카운터 앞으로 왔다. 손님이 카드를 내밀었다. 물건이 팔렸다! 부점장은 떠나는 손님에게 말했다.

"안녕히 가세요, 또 오세용. 호호호."

나는 딱딱한 나무토막이었고 그녀는 부드럽게 나부끼는 벚꽃가지였다. 프로였다! 무엇이 그녀와 나의 차이를 이렇게 벌려놨는지 알 수 없었다.

손님이 또 들어왔다. 손님은 지난번에 구입한 제품을 다른 색상으로 교환하고 싶다고 했다. 나는 이렇게 말했다.

"여기 파란색은 어떠세요?"

손님은 심드렁했다. 부점장이 또 나섰다.

"이거 입고 매장 바깥에서 한번 봐보세요. 매장 조명 아래서 보는 거랑 햇빛 아래서 보는 거랑 다르니까요."

손님은 제품을 들고 나갔다. 다시 매장으로 들어온 손님은 부점장이 추천해준 제품으로 교환한 다음 나갔다. 부점장이 손님에게 말했다.

"안녕히 가세용. 또 오세용. 호호호."

나는 좌절하지 않았다. 왜냐하면 생애 첫 매장 근무였으니까. 이후로도 몇 팀의 손님이 왔다. 나는 큰 역할을 하지 못했다. 그들은 모두 부점장과 얼굴을 맞댈 때만 웃었다. 나는 내가 못생겨서 그런 거라고 생각했다. 그러니 그건 내 실책이 아니라는 걸 밝혀야 했다. 나는 머리를 굴렸다. 기자처럼 굴기로 했다. 그러고선 심각하게 부점장에게 질문했다.

"온라인으로 물건을 쉽게 사고파는 시대예요. 그런데도 업체를 운영하는 사람들은 오프라인 매장을 갖고 싶어 하는 것 같은데, 이 직영 매장이 그만큼 가치가 있는 걸까요?"

부점장은 나의 의도를 알아차리지 못한 것 같았다. 그녀는 진지하게 대답했다.

"물론이죠! 오프라인 매장은 우리에게 굉장히 중요해요. 우리가 손님을 직접 만날 수 있는 장소죠. 그들이 진짜로 뭘 원하는지 파악하기 쉬운 곳이 직영점이에요. 또 이렇게 간판을 걸고 거리에 버티고 있으면서 등산객들에게 직접적인 홍보도 할 수 있죠. 눈으로 보는 거랑 손으로 만지고 입어보는 거랑 정말 달라요. 후자가 브랜드 이미지를 손님에게 새롭게 각인시키는 데 더 큰 효과를 발휘할 거예요. 매장 하나가 직원 몇십 명 역할을 한다고 할까요?"

그러고 보니 나는 얼마 안 되는 시간 동안 손님들에게 여러 정보를 얻었다. 랩의 제품들은 합리적인 가격을 가졌고 동시에 품질이 좋아 여러 사람에게 호감을 얻고 있다는 것, 그중 보리얼리스 재킷이 인기가 좋다는 것(손님이 원하는 사이즈가 품절인 경우가 있었다). 랩의 등산바지 핏이 한국인 체형에 의외로 잘 맞는다는 것 등. 매장 안에서 내가 한 일이라곤 손님에게 몇 마디 한 것뿐이었는데 시간이 빠르게 흘렀다. 어느덧 퇴근할 때가 됐다. 고장 난 것 같았던 몸이 제대로 돌아온 기분이었다. 나는 해가 지는 방향으로 똑바로 걸어갔다.

마크-앙드레 르클렉과의 가상 인터뷰

저승에서 그를 소환했다

♣ 다큐멘터리 〈알피니스트: 마크-앙드레 르클렉〉의 주인공 마크 앙드레 르클렉Marc-André Leclerc과 진행한 가상의 인터뷰입니다. 다큐멘터리에 나오는 그의 여러 대사와 타 매체에 실린 인터뷰 기사를 토대로 작성했습니다. 답변에 오류가 있을 수 있습니다.

마크-앙드레 르클렉은 이상한 사람이다. 내가 가진 상식으로는 도저히 이해할 수 없는 행동을 한다. 단독 등반이 그중 하나다. 그는 내가 생각하는 알피니스트에 가장 근접한 사람이다. 꼭 만나고 싶었다. 눈을 감고 그를 불렀다.

"마크, 마크! 나와봐요. 얘기 좀 합시다."

(홀연히 등장)

"오, 오. 왔군요. 마크, 당신이 나온 다큐멘터리를 봤어요. 궁금한 게 많아요. 어디서 왔고, 뭘 원했고, 그때까지 어떻게 살아남았고, 대체 왜 그랬는지. 다큐멘터리를 본 보통의 인간이라면 궁금해할 것을 제가 대신해서 물어볼 거예요. 준비됐어요?"

"네, 얼마든지요."

"어떻게 지내고 있어요? 거긴 좋아요?"(그는 2018년 알래스카의 멘덴홀 타워를 등반하다가 죽었다.)

"뭐, 똑같아요. 이상하게 등반하고 싶은 마음이 싹 사라졌어요. 다른 세계에 있어서 그런가?"

"어쨌든, 잘 지내고 있다니 다행입니다. 그럼 질문할게요. 먼저 어쩌다가 등반을 시작했죠?"

"저는 밴쿠버에서 동쪽으로 한 시간 반 거리에 있는 브리티시컬럼비아의 아가시즈라는 지역에서 자랐어요. 주변이 모두 와일드한 자연이었으니까 혼자서 할 수 있는 건 캐스케이드를 배회하거나 낮은 바위에 오르거나 하는 일밖에 없었어요. 산에 관심이 있던 아이에게 여기는 정말 이상적인 공간이었어요. 무수히 많은 하이킹 코스를 비롯해 여기저기를 헤집고 다니는 것엔 어떤 규범 같은 게 없었어요. 혼자서 선택하고 혼자서 배우는 스타일이 이때부터 생긴 것 같아요. 할아버지가 이때 크리스 보닝턴이 쓴 《모험의 탐구Quest for Adventure》를 줬어요. 이 책을 읽으면서 등반에 눈을 떴죠. 아홉 살 때는 마을 체육관에서 스포츠 클라이밍을 시작했고요."

"본인이 생각했을 때 첫 번째 위험한 등반은 언제였죠?"

"고등학교 때, 친구와 둘이서 캐스케이드로 갔어요. 이전보다 훨씬 대담한 등반을 하긴 했는데, 우리 중 누구도 우리가 뭘 하고 있는지 알지 못했어요. 장비점에서 피톤 같은 걸 구하긴 했는데, 우리는 군사 교본 같은 걸 보고서 피톤 사용하는 방법을 배웠어요."

"혼자 등반(프리 솔로Free Solo)을 한 건 언제부터였어요?"

"15세 생일 때 엄마가 저에게 책을 선물했어요.《등산: 언덕에서의 자유Mountaineering: The Freedom of the Hills》라는 책이었고요. 책을 읽고 브리티시컬럼비아 등산 클럽에 가입했어요. 그로부터 솔로로 등반하기 시작했어요. 로프 시스템은 등반하면서 혼자 익혔고요."

"학교 생활은 어땠어요? 산에 다니는 것보다 재미있진 않았겠죠?"

"물론 최악이었죠. 교실이 굉장히 좁게 느껴졌어요. 제 학창 시절은 제 인생 최악의 시절이에요. 어른이 된 후에도 학교에 관한 악몽을 꿀 정도였죠."

"왜 혼자서 등반을 하는 거죠?"

"혼자서 등반하는 건 그냥 운동 활동에 관한 건 아니고 스포츠와 관련 있는 것도 아니에요. 프리 솔로는 모험에 대한 정신적인 헌신과 같은데, 무슨 말인지 이해돼요? 그러니까 저는 혼자서 했던 지난 모험에 굉장히 만족해요. 현실로 돌아와서 나에게 일어난 기적 같은 일과 행운에 감탄하죠. 그러면 입가에 미소가 떠나지 않아요."

"다큐멘터리에서는 감독과 함께 산에 가기로 해놓고 연락을 끊었어요. 그리고 혼자 등반을 하고 돌아왔죠. 왜 그랬죠?"

"촬영 팀이 아무리 제게 간섭하지 않는다고 하지만 그들과 같이 가면 엄밀히 말해 혼자가 아니잖아요. 촬영은 제가 등반에 성공한 다음, 다시 가서 하면 된다고 생각했어요. 온전히 혼자만의 등반을 하고 싶었어요."

"왜 자신의 등반 성과를 내 보이지 않았죠?"

"산에 있을 때 저의 주된 욕망은 모험을 시도하고 내 주변 환경과 내면과 교감하는 거예요. 그 밖의 어떤 스포츠적 성취나 인정 또는 보상을 좇지 않고 등반의 단순함을 즐기는 것이 목표죠. 단순하고 기본적인 것만큼 저를 충만하게 만드는 건 없어요. 제게 최고의 등반이란 빈손으로 걸어서 산에 올라가는 거예요. 등반할 수 있는 능력만 갖춘 채로요."

"그렇다면, 왜 산에 가죠?"

"임무를 안고 산에 가면 인생의 피상적인 면들은 전부 증발해버리고 종종 더 심오한 정신 상태에 빠지는데, 힘든 등반을 마치면 한동안 그 상태가 이어지죠. 매사에 진심으로 감사하게 돼요. 평소엔 당연하게 여기던 것도요. 등반 성공 자체가 인생을 바꾸진 않거든요. 성공을 향해 달려갈 땐 그런 기대를 갖더라도 결국 남는 건 거기까지 이어진 여정인데 그 기나긴 여정 속에서 많은 깨달음을 얻고 앞으로의 계획을 세우는 과정에 더 몰입하게 되죠. 오랫동안 아름다운 곳에서 지내며 최선을 다해 일종의 정신적 장벽을 넘어서고 나면 풍부한 이야기와 추억과 경험이 남아요. 저한텐 그게 가장 중요해요."

"마지막 질문이에요. 당신이 출연한 영화 제목이 '알피니스트▲'예요. 본인이 알피니스트라고 생각해요?"

"알피니즘이 뭔지는 대충 알지만 그 본질은 진정한 모험에 있다고 봐요. 저에게 있어서 진정한 모험은 완전히 '처음'인 곳에서 벌이는 등반이라고 할 수 있어요. 단순히 정상에 도달하기 위한 혹은 기록을 세우기 위해서 정해진 루트로 등반하는 건 알피니즘과는 거리가 있다고 봐요. 그건 그냥 '스포츠'라고 불러도 될 것 같아요. 저는 그 본질에 따르려고 하니까 대충 알피니스트라고 해도 되지 않을까요?"

인터뷰가 끝나고 그는 홀연히 사라졌다. 그 자리엔 희끄무레한 빛이 잠시 고였다 사라졌다. 나도 돌아서서 걸었다. 희망찬 목적지가 생긴 기분. 지금보다 더 나은 무언가가 저 멀리 보이는 것 같았다.

▲ 모험적인 등반을 하는 등산가.

조금 더 큰
보폭으로

불수사도북을 했다

상식과 이해가 닿을 수 없는 멋진 신세계

지금 내 주변은 누가 봐도 이상하거나 탈이 난 곳이 없다. 모든 게 '정상'이다. 책장은 기울어지지 않고 바로 서 있고, 콘센트에서 흘러나오는 전기가 컴퓨터를 제대로 작동시키고 있다. 그리고 지금 나는 아침 일찍부터 '등산 시렁' 원고를 쓰고 있는데, 이것은 우리 가족의 생계가 달린 일이니 아내는 이런 나를 이상하게 생각하지 않고 너그게 이해해준다.

즉, 나는 인간이 가진 물리적, 사회적, 도덕적 상식들이 통용되는, 지구에서 일어나는 대부분의 일이 '이해되는' 세상에서 무리 없이 살고 있다. 그런데 최근 나는 누구나 쉽게 이해할 수 없는 일을 벌였다. 불암산(508미터), 수락산(637미터), 사패산(552미터), 도봉산(신선대, 726미터), 북한산(백운대, 836미터)으로 이어진 47킬로미터에 이르는 도로와 능선을 열네 시간 동안 종주한 것이다(일명 불수사도북).

《월간 산》을 좋아하는 독자라면 이 '일'이 어떤 이유로 벌어졌고 그 배경이 무엇인지 대충 짐작하겠지만, 산 타는 일에 관심 없는 나의 아내 같은 사람에게 불수사도북 종주는 '등 따뜻하고 배가 부르니 하는 헛짓'일 수 있다.

일반인의 입장에서 불수사도북은 쓸모없는 단어이면서 쓸데없는 행위일지 모른다. 이걸 통해서 경제적 이득을 얻는 건 고사하고, 다른 누구에게 도움을 줄 수 있는 것도 아니며 잘못하면 몸이 상할 수 있다. 이해할 수 없고 비상식적이며 미스터리한 행동이다.

그러나 누군가가 '21세기 최첨단 AI 디지털 시대에 불수사도북은 어떤 의미와 목적이 있는가?'라고 묻는다면 나는 '기쁨'이라고 답하겠다. 종주와 완주를 통해서 얻는 기쁨의 크기는 불수사도북 전체를 합한 규모보다 크다고 단언한다.

인간의 상식과 이해를 뛰어넘는다는 점에서 불수사도북의 세계는 다른 사람과의 갈등 없이 인간이 누릴 수 있는 순수한 기쁨으로 가득한 '멋진 신세계'다. 그 세계로 떠나는 여행이라고 한다면 불수사도북 종주는 절대 무의미한 게 아니라고 나는 강력하게 주장하겠다.

나의 달리기 기록은 일반인이 범접할 수 없는 수치가

아니다. 10킬로미터 47분, 풀코스 마라톤을 네시간 30분으로 완주했다. 트레일러닝 대회에 나가면 달리는 도중 늘 다리에 쥐가 나서 함께 참가한 친구들보다 한 시간 정도 늦게 골인하기 일쑤였다. 게다가 게을러서 지금껏 한 달 동안 가장 많이 뛴 누적 거리가 고작 200킬로미터밖에 안 된다. 이른바 나는 만년 초보 러너로서 불수사도북을 무사히 완주할 실력이 아니었다.

그럼에도 어떻게 이런 대담한 도전을 했고 성공했느냐, 바로 함께 종주한 친구들 김국태, 장홍선 덕분이다. 어느 날 그들이 불수사도북을 한다고 나에게 연락했는데, 여기서 내가 '어쩌라고' 하면서 대수롭지 않게 넘겼다면 끝났을 일이다. 하지만 나는 그들의 말에 큰 뜻 없이 "나도 하겠다!"고 말했다. 불수사도북 코스에 관해 아예 몰랐던 건 아니다. 당시 이 코스에 관해 내가 알았던 건 대략 그 거리가 50킬로미터에 이르며 누적고도는 4,000미터 가까운, 국내에서 아주 어려운 트레일러닝 코스로 손꼽힌다는 것뿐이었다. 그 무시무시한 이미지 때문에 누구에게도 섣불리 "불수사도북 하자"고 할 수 없었는데, 마침 그들이 대신 나서서 안전장치를 푼 셈이었다.

풀린 안전장치의 효과는 대단했다. 한다고 했으니 그

들에게 짐이 되면 안 되겠다고 마음먹고 훈련에 돌입했다. 훈련 기간은 총 두 달. 한 달은 일반 도로에서 조깅을 하면서 누적 거리 150킬로미터를 채웠다. 나머지 한 달은 일주일에 2회 정도 불암산과 수락산의 오르막을 빠른 속도로 기는 훈련을 했다. 역시 누적 거리는 150킬로미터. 나름 열심히 달렸다. 이윽고 훈련을 마무리하고 6월 중순 새벽 4시, 불암산 초입인 공릉동 '백세문' 앞에 세 사람이 나란히 섰다.

장홍선은 열 시간 이내에 완주하겠다는 목표를 세웠고, 김국태와 나는 열두 시간을 넘기지 말자고 했다. 그 결과, 장홍선은 열두 시간 20분(중간에 길을 여러 번 헤맴), 김국태는 열세 시간 47분, 나는 대략 열네 시간(끝에 길을 잘못 들어 구기동으로 내려왔다)에 걸쳐 완주했다.

소감은 이렇다. 김국태는 "같이 완주한 거 자체는 감격스러웠지. 그런데 목표한 기록이 아니어서 아쉽기도 해", 장홍선은 "기쁜 건 당연하고, 시원 찝찝하네"였다. 나는 앞서 설명했듯이 엄청나게 기뻤다. 종주가 끝나도 기쁨의 파도가 날마다 밀려왔다(지금까지도!).

이것이 왜 기쁜지 따져보면, 종주 중 다리에 쥐가 난 적이 단 한 번도 없었고, 덕분에 생각보다 빠른 기록이 나왔기 때문이다. 기쁜 이유가 단지 이것만은 아니지만 대략 그렇다. 덕분에 나는 내가 이전보다 더 나아졌다고 여겼고, 나아진 나의 능력으로 더 큰 일을 해결할 수 있다는 자신감이 넘쳤고, 그로 인해 더 큰 기쁨을 가질 수 있다는 희망이 생겼고, 그러면서 내가 바라는 완벽한 '나(지금보다 더 근육질이며 더 잘생겼으며, 돈이 많고 근사한 자동차를 가졌고, 좋은 직장과 능력을 갖춘)'가 될 수 있는 기회를 획득했다고 스스로 감동했다.

또 그 기쁨은 내가 바라고 바랐던 것을 누군가에게서 선물로 받았을 때 느끼는 그것이며, 그 선물을 밥 먹을 때, 잠잘 때, 일할 때, 옆에 끼고 착용하고, 바라보는 흐뭇함과 같았다.

 불수사도북 무사 완주 TIP

1. 불수사도북 실행 전 최소 두 달 동안 누적 거리 300킬로미터 정도를 채우기!

2. 불수사도북 실행 전 최소 한 달 동안 일주일에 2회 정도 산에서 달리는 훈련 추천(특히 장거리).

3. 불암산과 수락산, 사패산과 도봉산, 북한산. 이렇게 코스로 묶어 불수사도북 실행 전 답사를 하면 더 좋다.

4. 쉬는 구간은 회룡역 부근, 우이동으로 잡고 이곳에서 충분히 음식물을 섭취할 것!

트레일러닝, 나만의 속도로 달리기

매년 6월이면 각지에서 트레일러닝 대회가 열린다. 덥기도 하고 춥기도 한, 날씨가 극과 극을 이루는 이때 대회를 열면 선수 모두 만족할 거라고 모든 대회 운영자들이 똑같이 생각하는 것 같다. 6월에만 대회가 여러 개 열린다. 올해는 더 왕성한 것 같다. 물론, 대회가 몰려서 불편한 건 없다. 달리기 대회는 1년에 딱 한 번 나가기로 했으니까. 작년에는 자체적으로 '불수사도북'을 했고, 올해는 거제 100K에 등록했다(나는 50K 종목에 출전). 힘들다고 소문난 대회다. 나는 힘들지 않을 거라고 수시로 최면을 건다.

형들에게도 계속 물어본다. "형, 불수사도북이 쉬워요? 지리산 화대종주가 쉬워요? 하이원레이스보단 불수사도북이 어렵겠죠?" 돌아오는 대답은 희망을 지운다. "음, 힘든 건 어디건 똑같아." 아무튼 나는 작년 불수사도북보다 거제지맥 50K가 더 쉬울 거라고 굳게 믿고 있다. 아니면 말지 뭐.

약 석 달 전부터 훈련했다. 주로 회사와 가까운 공원에서 일주일에 30~50킬로미터 정도 달렸다. 두 달 동안 300킬로미터 가까이 달렸다. 절대 많은 양이 아니다. 한 형은 한 달에만 500킬로미터 가까이 달렸다. 퇴근 뒤 옷을 갈아입고 달리기를 하러 가는 나를 회사 동료들은 이상하게 쳐다봤다. 새벽에 일어나 달리기를 하고 일찍 잠드는 내게 아내는 농사짓고 사는 게 딱 맞을 것 같다면서 혀를 찼다. 내가 이상한 거면 그 형은 완전 미친놈이네! 하고 생각하면 위로가 됐다.

새벽엔 종종 불암산에 올랐다. 코스는 서울둘레길 1코스—불암산 정상—덕릉고개—철쭉동산. 거리 11킬로미터 누적고도 680미터. 훈련 초반엔 이 코스를 두 시간 만에 돌았다. 시간이 지나고 전력 질주를 해보자고 다짐한 뒤 사력을 다해 내 기준으로 '엄청나게' 빨리 달렸다. 기록은 한 시간 50분. 엉? 왜 이러지? 중간에 쉬지 않았는데, 정말 쌩쌩 달렸는데! 고작 10분 단축된 기록에 나는 실망했다.

한국에서 산길을 가장 빨리 달리는 김지섭 선수의 기록과 비교해보았다. 그가 SNS에 올린 내용을 살폈다. 김지섭은 치악산 황골—비로봉—황골 코스 7.88킬로미터 달렸다. 누적고도는 885미터. 시간은 59분 55초! 불암산 코스에 비해 거리가 짧지만 고도가 200미터 정도 더 높아 어쨌든 비슷하다고 여겼다. 그런데 59분이라니! 어떻게 이럴 수 있지?

나는 오르막에선 걸었다. 김지섭은 뛰었을 것이다. 그의 평균 페이스는 8분이었으니까(나는 평균 10분 페이스로 뛰었다). 그가 올린 다른 기록을 봤다. 거리 19킬로미터, 누적고도 654미터, 기록은 한 시간 15분! 평균 3분 58초 페이스로 달렸다. 이럴수가. 최상급 미친놈이다. 내가 그처럼 달렸다면 아내는 나에게 어떤 별명을 붙여줬을까? '농부' 정도가 아니라 농림축산식품부 장관이라고 불렀을지도 모르겠다.

또 절망할 뻔했지만 김지섭은 겸손하고 친절하게 아래 설명을 붙였다. '328번의 구간 반복.'

불암산 코스 스무 번 구간 반복과 너무 차이나는 수치여서 나는 자극을 받기보다 안심했다. 이 정도면 됐지. 집으로 돌아갔다.

그래도 내 기록은 깨고 싶었다. 마침 예의 그 '미친 형'

이 불수사도북을 한다고 새벽에 깨웠다. "네, 갈게요 형."
그 형은 김지섭까진 아니지만 그래도 나보다 세 배 정도
빠르니 거기에 맞춰 속도를 체험해보기로 했다. 아내는
잠에 빠져 나갈 준비를 하는 내게 아무 말 하지 않았다.
새벽 5시 '불암산 일주문' 앞에서 형을 만났다. "준비됐
지? 갈까?" 그와 나란히 달렸다. 6분 30초 페이스였다.
초반이라 숨이 덜 찼다. 길이 좁아져서 나는 뒤에서 쫓아
갔다. "헉, 헉." 점점 숨이 가빠졌다. 그래도 견딜 만했다.
경사가 급해졌다. 보폭이 짧아지면서 땅에 발을 딛는 횟
수가 늘었다. 헤드 랜턴 불빛에 흙먼지가 뽀얗게 피어오
르는 게 보였다. 숨을 참을 순 없으니 다 들이마셨다. 죽
진 않겠지.

　흙먼지는 그렇다치고, 형은 오르막에서도 속도를 줄
이지 않았다. 천천히 좀 가자! 말하려다가 참았다. 여기
서 무너지면 안 돼! 중얼대면서 따라갔다. 내가 걸었던
구간에서 형은 달렸다. 더 정확히 말하자면 종종걸음으
로 끊임없이 다리를 놀리며 속도가 떨어지지 않게 했다.
형을 따라 했더니 종아리가 아팠다. 나는 전략을 바꿔 보
폭을 늘려 성큼성큼 빠른 걸음으로 쫓아갔다. '와, 나 빠
르다!' 생각했는데 형과 거리가 점점 벌어졌다. 벌어진
거리를 메우기 위해 나는 어쩔 수 없이 또 달렸다. 그렇

게 달리니 더 힘들었고 나는 멈춰서 쉬었다. 형과 나의 간격은 아까보다 훨씬 벌어졌다. 나는 쫓아가는 걸 포기하고 걸었다. 형은 시야에서 사라졌다.

"성중아 빨리 와, 나 가야 해." "네, 형 갈게요. 기다리세요." 불암산 정상 전, 계단을 기진맥진 오르고 있는데 형이 불렀다. 계단 끝에서 고개를 들어보니 형은 웃고 있었다. 형은 내가 정상에 도착하자마자 하이파이브 한 번 하고선 덕릉고개를 향해 달려서 내려갔다. 나는 가만히 서서 형이 내려가는 걸 지켜봤다. '진짜 미친놈이네.'

그 뒤로도 나는 열심히 훈련했다. 평소에 다리 근육이 당기고 얼얼할 정도로. 형처럼 달리려면 지금보다 더 많은 시간을 훈련에 쏟아야 했다. 달리기 횟수를 일주일에 3회에서 4~5회 정도로 늘리고 주말마다 불암산에 오르면 형과 속도를 얼추 맞출 수 있을 것 같았다. 하지만 나에겐 그럴 시간이 없었다. 평일 아침 9시 반까지 출근해야 하고 가끔 야근도 한다. 달리기를 할 수 있는 시간은 새벽 5~7시 사이, 오후 7~10시 사이다. 과연 이 시간을 활용해 내가 더 달릴 수 있을까? 그것보다, 나는 왜 그렇게까지 해야 할까? 불암산 정상에서 서서히 멀어지는 형을 보면서 고민했다. 한참 고민하다가 내려가서 형에게 문자를 보냈다.

"형, 형은 집에 있는 시간이 얼마나 돼요?"

"하루에 대충 일곱 시간 정도 되는 것 같아."

회사에서 여덟 시간 일하고, 집에서 일곱 시간 보내고. 나머지 아홉 시간은 밖에서 달리기를 한다는 얘기.

"달리기 기록이 좋아지면 얻는 게 뭐예요?"

"더 나은 기록을 향한 목표가 생긴다는 거?"

뭐야, 이거. 이 사람하고는 말이 안 통한다. 더 물어봐도 듣고 싶은 답은 안 나올 거다. 다시 고민했다. 나는 왜 기록을 깨고 싶을까? 음, 그건 내 키와 관련 있다. 나는 키가 작다. 만족하면서 살고 있다. 하지만 할 수 있다면 더 크고 싶다. 그런데 그건 물리적으로 불가능하니 달리기 기록을 살피면서 내가 여전히 크고 있다고 믿고 싶은 것이다. 그러니까 불암산은 내게 눈금이 그려져 있는 '키 재기 판'이다. 불암산에서 내려와 기록을 확인하는 건 그동안 키가 얼마나 컸나 확인하는 것과 같다. 이전보다 키가 커졌다는 걸 확인하면 뿌듯하다. 모두 어렸을 때 그러지 않았을까? 매일 아침마다 전보다 얼마나 자랐을까 기대하면서 벽에 눈금을 표시하지 않았는가? 어른이 된 지금, '키'의 의미는 살짝 다르다. 키가 커지면 사람들이 지금보다 더 나를 존중해줄 것 같다.

사회에서 내가 차지하는 영역이 더 넓어질 것 같기도 하다. 뭔가 자신감이 차오르는 것이다. 에너지 바를 먹고 힘이 솟는 것처럼. 그렇다. 단지 그뿐이다. 달리기 기록이 좋아진다고 해서 새 차가 생기거나 누군가 호텔 뷔페에서 공짜로 밥을 사주진 않는다. 궁극적으로 달리기 기록을 향상시키고자 하는 건 순수함에 관한 동경이라고 할 수 있다. 나는 이미 오래전에 '순수의 세계'에서 방출됐다. 그 세계는 완벽한 웃음과 즐거움으로 가득 차 있다. 산에서 달릴 때 나는 어린애가 된 것 같다. 거제지맥 50K를 완주할 수 있을까? 그게 뭐가 중요해! 진이 빠질 때까지 달려보는 거다.

귀신의 함정에 빠지다

얼마 전 나는 아무것도 보이지 않는 깜깜한 산에서 길을 찾기 위해 한참을 헤맸다. 사실 이것은 비유다. 당시 나는 처리해야 할 회사 업무(쌓인 종이 뭉치가 사무실 밖으로 늘어설 만큼 까다롭고 복잡한) 때문에 매일 새벽에 퇴근했다.

아주 괴로웠던 그때를 설명해야 할 때마다 나는 깜깜한 곳에서 한참을 헤맨 것 같았다고 하소연했다. 이 방법이 그다지 효과적이지는 않았던 모양인지 듣는 사람들은 죄다 '으응, 그래?'라면서 시큰둥하게 반응했다. 그래서 나는 깜깜한 곳에서 목적지도 모른 채 헤매는 게 어떤 느낌인지를 더 생생하게 전하기 위해 이번 산행을 기획했다. 내가 겪은 직장의 쓴맛을 맛보라고 강요하는 건 아니다. 나는 단지 이럴 때 이런 비유가 과연 적절한 것인지, 알아보고 싶었다.

아이디어를 제공한 사람은 아내다. 집 뒤쪽에 수락산

이 있는데, 특이하게도 밤이 되면 산 중턱에서 불빛이 반짝인다. 그걸 볼 때마다 아내는 "저기에 왜 불이 켜져 있지? 설마 저런 곳에서 사람이 살까?" 물었다.

사실 나는 산 중턱에 뭐가 있는지 대충 알고 있었다. 용굴암, 혹은 도암사라고 하는 절에서 켜둔 가로등일 것이라고 답하면서 대수롭지 않게 넘겼다. 그런데 어느 날 저 불빛을 향한 욕구가 샘솟았다.

깜깜한 밤에 산길을 헤매면서 흙먼지를 흠뻑 뒤집어쓰고 극한에 이르고 싶은 욕망! 한 치 앞을 볼 수 없는 미래, 도무지 예측이 안 되는 결말, 내가 왜 이러고 있는지 스스로도 이해하기 힘든 당혹감! 사무실에서 느꼈던 불안하고 불온한 감정이 산에서도 똑같이 살아날까 싶었던 것이다. 그러려면 극한의 상황을 만들어야지. 일부러 한파가 정점을 이룬다는 날을 디데이로 삼았다.

내가 가진 것 중 접지력이 가장 좋은 트레일러닝화와 두꺼운 타이즈, 외투를 준비했다. 배낭에는 뜨거운 물 500밀리리터를 담은 보온병, 초코파이 2개만 챙겼고, 헤드 랜턴도 머리에 썼다. 기온은 영하 11℃, 바깥으로 나서자 코끝이 싸했다. 아내는 조심하라는 뜻으로 이렇게 말했다.

"오밤중에 어딜 나가? 아주 그냥 나가서 살아!"

초반에는 불암산 둘레길을 통과했다. 여기는 내가 자주 다녔던 길이라 익숙했다. 게다가 공원을 새로 정비한 모양인지 곳곳에 가로등이 설치돼 헤드 랜턴 없이도 길이 훤했다. '풉, 뭐야 이거 너무 싱겁잖아!' 이 정도를 극한이라고 할 수 없지! 나는 속도를 냈다. 일부러 바위를 박차 높이 점프도 하면서 흥분한 마음에 화답했다.

덕릉고개에 이르자 사방이 어두워졌다. 고개를 넘어 다니는 자동차 소리도 곧 없어졌다. 여기엔 나 혼자뿐이다라는 생각이 들자 슬슬 긴장됐다. 공기가 꽤 차가웠지만 춥다는 생각보다 간질간질대는 배꼽에 신경이 몰렸다. 속도를 줄이고 살금살금 등산로를 따라 올라갔다. '자, 불빛은 어디 있지?' 올라가는 중에 자주 발걸음을 멈추고 두리번거렸다. 그렇게 30분쯤 가자 주변이 확 트인 갈림길이 나왔는데, 나는 여기서 정상인 도솔봉 방향이 아니라 산기슭 쪽으로 몸을 돌렸다. 너무 순탄했다. '이 대로 끝나면 안 되는데!'

당연히 순탄하게 산행이 마무리될 리 없었다. 나는 넋놓고 정해진 등산로를 따라갔다. 20분쯤 지났을까? 갑자기 산길이 끝나고 마을이 나오는 게 아닌가? 마을 위쪽으로는 고가도로가 보였고 차들이 쌩쌩 지나다녀 꽤 시끄러웠다. 마침내 길을 잃은 것이다.

이번 산행의 목적이 무엇이었던가? 길 잃고 헤매기가 아니었던가? 이런 상황이 생기길 고대했지만 막상 닥치니 분했다. 좀 지치기도 했다. 그대로 멈춰 서서 어떻게 할지 고민했다. 그냥 집으로 갈까? 몸이 지치면 쓸데없고 어리석은 계획을 세우지 않는다는 걸 깨달았다. 그걸 이번 산행을 계획하기 전에 깨달았어야 했는데. 한숨을 쉬었다. 여기서 후회만 하고 있기엔 너무 추웠다. 움직이지 않으면 몸이 딱딱하게 굳어버릴 것 같았다. 나는 길을 되돌아 올라갔다. 가다 보니 왼쪽으로 희미한 샛길이 보였다. 길 없는 길로 가기가 콘셉트였으니 뭐가 무서우랴? 나는 다시 거침없이 산을 탔다.

"죽어도 야간 산행은 못 해! 누가 돈 500만 원을 준다고 해도 절대 안 해!"

아내가 야간 산행을 계획하는 나에게 한 말이다. 이렇게 질색한 이유는 산에서 귀신을 볼까 봐서다. 귀신이 자신을 괴롭힐 것 같다는 것이다. 한참을 걸어도 결국 돌고 돌아 같은 장소에 도착한다든지 하는 식으로.

지금까지 나는 산에서 귀신을 본 적이 단 한 번도 없다. 하지만 이번엔 달랐다. 아내가 말한 귀신이 장난을

친 것인지 나는 30분 후 같은 장소에 다시 도착했다. 마을 위로 고가도로가 보이는 풍경과 마주하자 소름이 돋았다. 휴대전화를 꺼내 보니 추위 때문에 방전된 듯 전원이 나가 있었다. 이런 공포는 계획에 없었기 때문에 당황했다. 한편으론 약이 올랐다. '귀신아 싸우자!' 생각하며 산길로 되돌아갔다. '영광은 활기차게 덤벼드는 자의 것'이라는 어느 작가의 말을 되뇌이면서.

이번에는 길을 제대로 찾았다. 깨진 시멘트로 덮인 가파른 길을 따라 올라가자 '수암사'라는 절이 나왔다. 스님이 일찍 잠자리에 드신 모양인지 절에서 새어 나오는 빛은 일절 없었다. 나는 다시 '불빛'을 찾아 나섰다. 불빛이 어디쯤에 있는지 보이지 않는데, 어떻게 찾으러 간다는 말인가? 살짝 막막했다. 나는 집에서 본 풍경을 떠올리며 대충 야경을 바라보고 오른쪽, 그러니까 남동쪽을 향해 난 길로 발걸음을 옮겼다. 어려운 산행은 아니었지만 슬슬 짜증이 나기 시작했다.

내가 찾고자 하는 한 불빛이 말하자면 삶의 희망 혹은 목적이라고 할 수 있을까? 그 불빛을 찾으면 나는 그걸로 뭘 할 수 있을까? 끝없이 입김을 내뿜으면서, 가파른 비탈의 흙 속에 발 끝을 꽉 박은 채로 나는 생각하고 또 생각했다. 이때 어떤 목소리가 내게 말하는 걸 들었다.

'너 도대체 여기서 뭘 하고 있는 거야?'

나는 약 두 시간 동안 산길을 헤맸다. 계획대로 흙먼지를 잔뜩 뒤집어쓴 채(실제로 돌부리 걸려 뒹굴기도 했다) 용굴암의 환한 불빛 앞에 섰다. 기쁘지는 않았다. 해냈다는 성취감도 없었다. 그저 할 일을 했으니 집에 가서 쉬자는 안도감만 밀려왔다. 이것을 회사 생활의 고충과 엮어볼 수 있을까? 뭐, 대충 그렇다고 할 수 있다. 인생의 쓴맛이 도대체 어떤 맛인지 알고 싶다면 불빛을 따라 야간 산행을 해볼 것을 권한다. 단, 알아서 적당히, 사고가 나지 않게 준비를 철저히 하시라.

걱정의 끝을 바라보기

　지난달 야밤에 산에서 명상했다는 이야기를 여러 사람에게 자랑하듯 떠벌렸다. 그랬더니 그중 몇 명이 주의를 줬다.

　"밤에 산에서 명상하면 안 돼. 귀신 들려!"

　나는 깜짝 놀랐다. 이게 무슨 귀신이 방귀 뀌는 소리일까? 나는 그날 귀신 발소리는커녕 그런 기운조차 느끼지 못했다. 몸을 감싸는 따뜻한 기운이 있었다고 기억하는데, 혹시 그것이 귀신이었을까? '헐, 소름!' 충고해준 사람(이하 그냥 형)에게 물어봤다.

　"형, 저는 그때 머릿속에서 석가모니를 봤는데, 혹시 그것도 귀신이었을까요?"

　그러자 형이 답했다.

　"음, 그건 유체 이탈의 가장 기초적인 상태 같은데."

　유체 이탈? 점점 더 미스테리하게 흘러가는 분위기!

내가 했던 명상이 명상이 아니었던 걸까? 형은 명상 경력 10년이 넘었다고 했다. 이 형과 다시 산으로 가서 명상을 해봐야겠다고 결심했다.

서울 상암동 매봉산에서 형과 만났다. 시간은 오후 4시쯤. 귀신과 만나기엔 어정쩡한 시간이었고 산 높이도 낮았지만 일단 가보기로 했다. 형은 글에 자신의 이름을 밝히지 말아달라고 했다. 왜냐하면 산에서 귀신을 만나고, 어쩌고저쩌고했다가 이상한 사람으로 몰릴 수 있다는 것이다. 이렇게 당부하는 게 수상쩍어서 형에게 물어봤다.

"형, 혹시 무당이세요?"

"아니야. 나 원래 천주교 신자야."

천주교 신자라고 명상을 하지 말라는 법은 없지만 뭔가 이상했다. 중간에 능선이 뚝 끊어진 산을 본 것 같았다. 본격적으로 궁금한 걸 쏟아냈다.

"제가 쓴 '야밤에 산에서 명상하기' 기사 보셨어요? 어땠어요?"

"응, 좋았어. 그런데 큰 산이 아니고 공원이라서 그나마 다행인 거고, 초보자가 깊은 산에 들어가 명상하면 위험할 수 있어."

"이건 형 생각인가요? 아니면 명상을 하는 사람들을 통해서 알려진 법칙 같은 건가요?"

"대체로 그렇게 통용되고 있는데, 모두 같은 의견을 가진 건 아니야."

"그럼 형이 수련하는 명상 센터에서는 밤에 혼자서 산에 가서 명상하는 걸 추천하나요?"

"초보자의 경우 절대 하지 말라고 해. 수련을 오래 해서 자기 한 몸 지킬 수 있는 단계가 되었을 때는 괜찮은데, 그때도 그걸 권하거나 그러지는 않아. 이건 영적인 영역이라고 할 수 있는데. 그나저나 익명으로 처리해주는 거 맞지?"

그가 진지하게 명상을 시작한 시기는 2013년쯤이다. 앞서 2005년에 어떤 단체를 따라 백두산에 갔다가 그 사람들이 천지에 앉아 명상하는 것을 본 것이 계기였다고 한다. 그는 이 단체가 사이비 종교 모임인 줄 알았다. 다행히도 그들은 이상한 종교 단체 소속이 아니었다.

어느 날 그는 직장 생활 중 극심한 스트레스에 시달렸다. 사람 때문에 피로감이 컸다. 상사들이 자신에게 상처 되는 말을 많이 했다. 그 말들이 스트레스 주는 것을 넘어 자존감까지 흔들었다. 몸을 짓누르는 듯한 압박감에 견딜 수 없어진 그는 명상 센터로 갔다. 명상이 효과가 있다는 걸 안 건 아내 덕분이다. 아내는 그에게 성격이 부드러워졌다면서 명상을 더욱 권했다. 그 역시 명상을 하면서 스트레스가 자신에게 영향을 미치지 않고 마음이 잠잠해지는 걸 경험했다. 어떤 일을 겪어도 '그럴 수 있지'라고 대처하게 됐다.

"형! 명상의 정의가 뭐죠?"

"명상은 일반인들이 거부감 느끼지 않게 이해할 수 있도록 한 단어일 뿐이야."

"그럼 실제로 명상은 뭐예요?"

"일종의 선도 수련!"

형은 선도 수련이 뭔지 한참 설명했다. 너무 길어서 여기에 옮겨 적지는 않겠다. 짧게 말하면 단전호흡의 종류라고 할 수 있다. 단전호흡은 또 무엇이고 어떻게 하는 것이냐? 설명하자면 또 길다. 형이 말한 걸 한 단어로 요약하면 그것은 '수련'이다. 그렇다면 무엇을 위한 수련일까? 형이 설명했다. "깨달음을 위한 훈련?" 여기서 깨달음은 세상 돌아가는 이치나 우주의 원리 같은 것일 수도 있는데, 나는 자신의 마음 상태를 아는 것이라고 이해했다. 궁금한 걸 또 물어봤다.

"수련을 하는 건 훈련이잖아요. 어떻게 보면 마음을 무장하는 것이라고 볼 수 있는데, 그러는 와중에 감히 귀신이 달려들어 나를 괴롭힐 수 있을까요?"

"수련법을 제대로 배우지 않은 사람이 명상을 할 경우

자신을 둘러싼 영적인 방어구가 열릴 수 있어. 그래서 그런 사람들이 명상을 하면 영적인 존재들을 초청하는 것과 마찬가지야."

"귀신들한테 '나 수련한다! 와서 봐라'라고 하는 것과 같은 건가요?"

"꼭 그렇다고 할 순 없는데, 초보자의 명상은 자신도 모르게 자신을 둘러싼 방어막을 여는 행위일 수 있어. 영적 존재들은 육신을 갈구하기 때문에 일단 다 몰려들지."

"음, 모든 영적인 존재들이 다 육체를 갈구할까요? 제가 귀신이라면 육체에 갇히는 것보다 자유롭게 훨훨 날아다니는 편이 더 낫다고 여길 텐데요."

"모든 영가들이 다 육체를 갈구하진 않을 거야. 하지만 저 사람을 내 것으로 만들려는 귀신들도 많다는 거지. 이런 얘기는 뫼비우스의띠처럼 끝이 없어. 또 대체로 사람들은 이런 얘기 좋아하지 않아. 그냥 초보자가 명상을 하면 영적으로 위험할 수 있다, 그 정도로 마무리하는 게 좋아."

나는 귀신 이야기를 좋아한다. 그것은 보이지 않는 것에 관한 탐구다. 세상 어디에도 정의된 이론이 없기 때문에 상상력을 마구 자극한다. 나는 형에게 더 묻고 싶었지만 그가 지도하는 대로 명상을 하고 싶었다. 그러다가 혹시 귀신을 만난다면? '어, 안녕. 너 누구니? 너 귀신이야? 여기서 뭐해?'라고 물어봐야지. 우리는 매봉산 꼭대기에서 이야기를 나누다가 명상하기 적당한 장소를 찾아 나섰다. 햇볕이 가득한 장소를 가리키면서 형이 말했다.

"여기 좋아. 해가 떠서 질 때까지 빛이 가득할 테니까. 양기가 넘쳐. 주변에 소나무도 많아. 소나무가 '양수'거든. 햇볕을 엄청나게 좋아한단 말이지. 소나무가 많은 곳은 볕이 잘 든다는 뜻이야. 소나무가 많은 곳은 기운이 좋아. 향기도 좋고. 음한 것들이 자리 잡기 힘들어. 하지만 여긴 사람이 많다. 다른 곳으로 가자."

능선 위를 걷다가 왼쪽 기슭의 공터를 발견했다. 낙엽이 수북한 그곳에 우리는 자리를 잡았다. 형은 배낭에서 매트리스와 담요, 따뜻한 물을 꺼냈다. 나는 신발을 벗고 매트리스 위에 앉았다. 형이 담요를 무릎에 덮어줬다. 나는 빨리 명상을 해보자고 형을 채근했다. 그는 먼저 호흡법을 알려줬다.

"코로 숨을 들이마시고, 그 호흡을 배꼽까지 가져가는 거야."

나는 그대로 따라 했다. 별다른 기분은 들지 않았다. 살짝 추웠다. 호흡을 몇 차례 하고 나서 그는 나에게 어떤 동작을 취할 것을 요구했다.

"이제 행공을 몇 가지만 해볼게. 요가처럼 특정한 동작을 하면서 수련을 위한 근육을 단련시키는 거야."

형이 들고 있던 휴대전화에서 물소리가 끊임없이 흘러나왔고 어떤 여자가 "행공—"이라고 말했다. 나는 형이 시키는 대로 따라했다. 주먹을 쥐고 고개를 45도 위로 들거나 다리를 오므리고 왼쪽 발을 오른쪽 종아리에 올리거나 하는 식이었다. 몸을 억지로 비트는 동작이었는데 꽤 힘들었다. 명상은 언제 시작하는지 궁금했는데, 분위기가 진지해서 물어보지는 않았다. 이윽고 동작이 끝났고 형은 이제 그만 누우라고 했다. 나는 매트리스에 누워 눈을 감았다. 형이 중얼거렸다.

"잡념은 놔둡니다. 잡념은 떠올려야 하기 때문에 나타나는 겁니다. 지우려고 하지 마세요. 그 잡념을 바라봅니다. 부정하지 않습니다. 그 감정을 부정하지 않습니다. 그 불안을 가져옵니다. 걱정의 끝이 무엇인지 바라봅니다."

형의 말에 개의치 않았다. 나는 불안하지 않았으니까. 걱정거리가 없었기 때문이다. 살짝 졸린 것을 제외하면 특별할 것이 없었다. 10분 정도 지나자 형이 의식을 되찾으라고 말했다. 나는 눈을 떴다. 눈을 뜨자 회색 하늘이 보였다. 이상했다. 눈을 감고 있을 땐 내가 누운 곳이 노란색 장판이 깔려 있는 따뜻한 방이라고 느꼈기 때문이다. 형에게 이런 감상을 말하자 형은 내게 "기감이 좋다"고 했다. 이번에도 귀신의 기척은 없었다. 형은 우리 주변에 어떤 '결계'를 쳤다고 했다. 형이 결계 치는 모습을 보지 못해 아쉬웠다.

"형, 제가 지난달 명상할 때 본 석가모니가 유체 이탈의 결과라고 했잖아요. 이걸 '내면 아이'라고 한다는데, 맞나요?"

"음, 도道적인 영역에서는 '참 나'일 수 있을 것 같은데. 거기서 더 나아가면 선도수련에서는 '원신합일' 단계까지도 가지. '원래' 할 때 원이고 '신'은 귀신 신자야. 결국

에는 내가 신이 된다는 건데.”

"형은 참 나를 만난 적이 있어요?”

"완전한 참 나를 만난 적은 없어. 참 나의 이끌림을 느꼈다고 해야 할까?”

내면 아이, 참 나는 신이 아닐까 생각했다. 즉 명상은 내 안에서 신이 되기 위한 방법이다. 전지전능한 신이 되어 마음속에 구름을 만들거나 해를 띄우거나 비나 눈을 내리거나, 태풍을 만들거나 하면서 지금의 몸 상태에 맞게 마음을 다스리는 것, 이것이 명상의 핵심 아닐까?

"형은 명상을 많이 하잖아요. 그럼 지금 불안한 게 없겠네요?”

"불안한 건 항상 있지. 그런데 그렇게 신경 쓰지 않아. 예전보다 훨씬 편안해.”

비 내리는 밤, 트레일러닝 훈련

여보, 나 죽으러 가네

나는 1년에 딱 하루 운동선수가 되기로 했다. 바로 트레일러닝 대회에 참가하기로 한 것이다. 트레일러닝 선수가 되려면 운동을 좀 해야 한다. 달리기 업계 말로 '마일리지' 좀 쌓아야 한다. 마일리지를 쌓는 방법은 산이나 일반 도로에서 많이 달리는 것이다. 하루에 대략 10킬로미터씩 달려 한 달에 최소 누적 거리 100킬로미터쯤 쌓고, 이런 방식으로 세 달 훈련하면 그럭저럭 선수로서 대회에 참가할 수 있다(대회에 나가 기권할 확률을 낮출 수 있다).

나는 올해 초 6월에 거제도에서 열리는 '거제100K'에 50K 종목에 접수했다. 그러고 나서 약 석 달 전부터 훈련에 돌입했다. '돌입했다'고 썼지만 바빠서, 혹은 게을러서 마일리지를 많이 쌓지 못했다. 마일리지가 턱없이 부족한 상태에서 대회 참가 일주일 전 주말을 맞았다.

짧은 시간 안에 효과적으로 마일리지를 쌓으려면

LSDLong Slow Distance(20킬로미터 이상 긴 거리를 느리게 달리는 훈련 방법)를 해야 한다. 즉, 대회에 나가기 전 산에서 꽤 먼 거리를 진이 빠지게 달려야 별 무리 없이 대회를 마칠 수 있는 것이다. 불암산, 수락산, 사패산, 도봉산, 북한산 능선을 다시 종주하면서 LSD 훈련을 하자고 계획했다. 하지만 약 42킬로미터에 이르는 불수사도북 종주는 꽤 부담스러운 일. 매번 나 자신과 타협하면서 망설였다.

이런 식이었다. 우선 아침에 눈을 뜨면 새 기분으로 다짐했다. '그래, 바로 오늘이야! 오늘 불수사도북을 하자!'고 마음먹었다가 한 시간 뒤 '아, 오늘은 무리야. 내일 하자.' 10분 뒤 또 '아니야, 오늘 할 수 있어. 지금 더우니까 저녁에 출발하는 거야.' 저녁이 되면 또 '아니야, 오늘은 도저히 무리야. 내일 새벽 일찍 일어나서 시도하자.' 그야말로 머릿속은 연필로 쓴 계획표였다. 지웠다가 다시 썼다가 반복하면서 마음은 너덜너덜해졌다. 그렇게 거의 한 달을 흘려 보냈다.

한 달 후, 그날은 낌새가 이상했다. 바깥에는 비가 내리고 있었다. 그냥 비가 아니라 소나기였다. 열린 창문으로 짙은 숲냄새가 들어왔다. 그 냄새가 나를 쿡쿡 찔렀다. 산이 부르는 것 같았다.

"답답하네, 도대체 언제 올 거야. 빨리 뛰어나와!"

나는 트레일러닝화를 신고, 바람막이를 입고, 트레일 베스트를 착용하고, 헤드 랜턴을 머리에 뒤집어썼다. 현관문을 열자 비가 세차게 쏟아지고 있었다. 시간은 밤 11시. 불암산, 수락산, 사패산을 거쳐 최소한 도봉산까지 가보자고 결심했다. 종주를 마치는 시간은 다음 날 아침 7시나 8시로 잡았다. 산이 잡아끄는 방향으로 나는 발길을 옮겼다.

출발하면서 산에서 달리기를 하다가 죽을 수도 있다고 생각했다. 물에 젖은 바윗길을 건너다가 미끄러져 절벽 아래로 떨어지거나, 깜깜한 숲에서 길을 잃고 헤매다가 저체온증에 걸리거나, 달리다가 다리에 쥐가 나서 꼼짝하지 못하고 조난을 당하거나.

일본의 탐험가 우에무라 나오미의 해외 원정기를 엮은 책 《아내여, 나는 죽으러 간다》(신원문화사, 2003)가 생각났다. 원정지에서 그가 아내에게 쓴 편지 내용은 절절하다. 책 서문에 이렇게 쓰여 있다.

"당신의 수명을 여지없이 단축시키고, 결혼하고 나서 줄곧 마음고생만 시키고 있는데, 무엇으로 당신에게 진이 많은 빚을 다 갚을 수 있을지 여행하는 도중에도 문득문득 떠올리곤 하오."

나오미는 바보라고 나는 여러 사람에게 떠들었다. 하

지만 한편으론 대단하다고 생각했다. 아내의 심기를 거스르고 혼자 원정을 떠나다니! 당시 우에무라 나오미의 상황과 이날 나의 입장은 하늘과 땅 차이였지만 심적으론 그와 유사하다고 속으로 우겼다. 그러면서 우에무라 나오미에게 바보라고 욕한 것에 대한 용서를 구했고, 쿨쿨 자고 있는 아내를 떠올리며 중얼댔다.

'아내여, 나는 죽으러 간다.'

우거진 나무 덕분에 몸에 떨어지는 빗방울의 양이 생각보다 적었다. 이 정도면 죽지는 않겠구나! 나는 불암산 정상을 향해 달렸다. 산길엔 안개가 가득했다. 헤드 랜턴을 켜도 눈에 보이는 구간은 눈앞 1미터 정도에 불과했다. 그래도 무섭진 않았다. 무서운 건 나무뿌리와 돌부리뿐이었다. 나는 눈을 크게 뜨고 발 앞을 살폈다. 집에서 나와 한 시간 20분 만에 불암산 정상에 섰다. 아무도 없었다. 빗방울이 두두두 몸을 때렸다. 그대로 몇 분 더 있다간 정상석처럼 몸이 땅에 박힐 것 같아 수락산 방향으로 도망쳤다. 안개가 능선을 덮었다가 걷히다가 했다. 그래도 캄캄한 건 마찬가지였지만 안개가 걷히면 앞이 더 잘 보였다. 덕릉고개를 넘어 수락산 오르막에 접어들었다. 물웅덩이에 발을 마음껏 담갔다. 등산로가 계곡으로 변했다. 물줄기가 콸콸 흘러 발을 적셨다. 그래도 나는 계속 올라갔다. 짐승처럼 네 발로 기었다가 서서 비틀 댔다. 한참 만에 오르막에서 벗어나 정상부 능선에 섰다. 길이 넓어졌다. 하지만 길을 찾을 수 없었다. 안개가 꽉 찼기 때문이다. 머리를 이리저리 굴리면서 헤드 랜턴을 비춰도 어디로 가야 할지 알 수 없었다. 그러다가 겨우 쇠 난간을 발견했는데, 따라 가니 내리막 계단이 나왔다.

'어, 이 길이 아닌 것 같은데.'

나는 계단을 내려가다가 다시 올라갔다. 올라갔다가 길을 못 찾아 다시 계단으로 내려갔다.

'하아, 아무래도 여긴 아닌 것 같은데.'

다시 계단을 올라갔다. 계단 끝에 있는 바위로 올라갔다. 길은 보이지 않고 절벽뿐이었다. 다시 내려갔다. 집 으로 돌아갈까? 멈춰 서서 고민했다. 나는 여기에 왜 왔 는가? 잠깐 후회했다.

가만히 서서 내가 트레일러닝 훈련에 이토록 비정상 적으로 필사적인 이유를 분석했다. 이건 일종의 신분 상 승에 관한 욕구다. 애써서 훈련한 다음 대회에 나가 좋 은 성적을 거두고 싶었다. 좋은 성적을 내면 사람들은 나 를 보면서 "와!" 박수 칠 것이다. 트레일러너로서 등급 이 올라갈 것이다. 등급이 올라가면 친구들은 나를 다르 게 대할 것이다(여전히 그러지 않을 친구들 얼굴이 몇몇 떠오르

지만). 이런 식으로 차곡차곡 계단을 밟아 올라가 꼭대기 층의 트레일러너 자리에 앉게 된다면, 음, 그건 상상이 되지 않는다. 아무튼 나는 내 기준으로 더 훌륭한 사람이 될 것이다. 그렇게 지금보다 더 나아진다면 기분이 좋을 것 같다. 1등 트레일러너가 된다고 권력이나 돈이 생기지는 않을 텐데. 나는 그저 강한 사람들 틈에 끼어 강한 사람으로 인정받고 싶은가 보다. 누군가가 나를 강하다고 인정해준다면 나 역시 나를 인정할 것 같다. 이 자부심은 나를 거제100K보다 더 험한 곳에 도전할 용기를 줄 것이고, 결국 도전에 나서 이전보다 비교적 쉽게 성취감을 얻을 것이다. 내친김에 나는 세상 구석구석을 살펴볼 것이다. 금의환향한 나에게 사람들은 이것저것 물어볼 것이고, 나의 머릿속은 수많은 이야기로 가득 찰 것이다. 그 이야기들은 언젠가 모두 책으로 나와 보물처럼 도서관에 보관될 것이다. 오래토록. 아, 나는 궁극적으로 우에무라 나오미가 되고 싶은 건가? 아내여, 정말 미안하다.

나는 서서 울 뻔했다. 아내가 보고 싶었다. 아내를 보려면 앞으로 계속 가는 방법밖에 없었다. 자욱한 안개 속에서 다시 두리번댔다. 그러다가 바위틈에서 올라가는 계단을 발견했다. 왜 이제야 나타난 건가? 화풀이할 대상이 없어 계단을 쿵쿵 밟으면 올라갔다. 수락산 정상이었다. 빗줄기는 여전히 거셌다. 나는 재빨리 나무가 우거진 능선으로 도망쳤다. 기차바위는 폐쇄됐다. 오른쪽에 우회로가 있었다. 길 같지 않은 샛길을 따라 갔다. 캄캄한 곳에서 도정봉으로 가는 등산로까지 무사히 왔다. 속도를 냈다. 쉬지 않고 오르막을 기었다. 도정봉에 도착했다. 수락산이 끝나는 동막골 초소까지 2킬로미터 남았다. 하늘이 점점 밝아졌다. 빗줄기가 약해졌다. 꽤에엑! 멧돼지처럼 달렸다. 새벽 6시 동막골 초소에 도착했다. 계곡이 강으로 변해 있었다. 다 젖었는데 뭔 상관이야. 허벅지까지 차오른 물을 헤치고 아파트 단지로 나왔다. 살았다는 안도감이 들었다.

'계속 갈 것인가?'

사패산을 향해 걸으면서 생각했다. 편의점에 잠깐 들렀다. 김밥과 라면으로 배를 채우고 또 생각했다.

'계속 갈 것인가?'

빗줄기는 약해졌지만 그칠 기미가 없었다. 추워서 몸이 떨렸다. 지금 사패산으로 간다면 정말 아내에게 미안한 일이 생길지도 몰랐다. 집으로 돌아가기로 했다. 엉덩이 아래로 물이 줄줄 떨어졌는데, 모르는 척하고 전철을 탔다. 사람들이 나를 피했다. 집으로 돌아와 옷을 벗고 씻은 뒤 살금살금 소파로 가서 누웠다. 아내는 내가 밤새 어디서 뭘 했는지 모를 것이다. 말해도 믿지 못할 것이다. 나는 잠이 들었다.

소리 지르며 달리기

저 멀리 소리를 날려 보내다

　지금으로부터 10여 년 전이었나? 지방에서 열린 한 스포츠클라이밍 대회에 구경 갔다. 리드 경기였는데, 얼마 지나자 따분해졌다. 선수 대부분이 같은 곳에서 떨어졌다. 졸린 눈으로 경기를 보고 있었는데 벽에서 갑자기 큰 기합 소리가 들렸다. "하아아압!" 눈이 번쩍 떠졌다. 누구지? 김자비 선수였다. 그는 크럭스crux가 아닌 초반부터 고함을 질렀다. "하아아압! 하아압!" 그 역시 앞선 선수들이 떨어졌던 곳과 별 차이 없는 곳에서 떨어졌지만 떨어질 때까지 소리질렀다. "하아압!" 이 대회에서 누가 1등했는지 기억나지 않는다. 하지만 쩌렁쩌렁 경기장을 울린 김자비의 고함은 지금도 귀에 생생하다. 이때를 떠올릴 때마다 나는 지금껏 살면서 그처럼 소리를 질러본 적이 없다는 걸 깨닫고 또 깨닫는다. 언젠가, 어디에서고 그처럼 소리를 질러보겠다고 늘 다짐했다. 마침내 그날이 왔다.

6월 첫 주에 열리는 '거제100K' 트레일러닝 대회 50K 부분에 참가 신청을 하고 훈련에 돌입했다. 나는 주로 퇴근 후 회사 앞 공원에서 달렸다. 한 바퀴 6킬로미터쯤 되는 이 코스에는 사람이 얼마 없는 대신 나무가 많고 흙길이 있어 어찌 보면 등산로와 비슷하기 때문이다. 여기서 고함치면서 달리면 되겠다고 생각했다. 산에서 고함치면 동물들이 깜짝 놀라니까. 자, 이제 마음껏 소리를 질러볼까? 몇 번이고 시도했지만 실행에 옮기지는 못했다. 혼자서 그러기엔 망설여지는 부분이 있었다. 오글거린다고 해야 할까? 내 낯짝은 좀 두꺼운 편인데도 아무 의미 없이 소리를 크게 지르려면 내 낯짝보다 더 두꺼운 용기가 필요하다는 걸 깨달았다. 친구한테 전화해 도움을 요청했다.

"어이 멘수(친구의 별명)! 나랑 소리 지르면서 달리기 할래?"

"소리 지르면서 달리기? 그게 뭐야?"

"그냥 달리면서 막 소리를 질러보는 거야. 해봤어?"

"아니, 그런 거 안 해봤어. 해보지 뭐."

친구의 이름은 김민수. 그는 신인 무명 배우다. 최근 드라마와 영화에 단역으로 몇 번 출연한 적이 있다. 하지만 소리 지르는 사람 역할을 해본 적은 없는 것 같았다.

곰곰이 생각해보니 평소에 마구 소리 지르는 사람은 많지 않은 것 같았다. 인간은 어떤 상황에 빠지면 소리를 꽥꽥 지를까? 놀랐을 때, 바이킹을 탈 때, 노래방에서 노래 부를 때, 누군가와 싸울 때, 구덩이에 빠져 살려달라고 할 때. 이 정도쯤 될까? 아, 마라톤 대회 때 사람들은 어두컴컴한 다리 밑을 통과하면서 "우아아아!" 소리질렀다. 또, 아이들도 소리를 빽빽 잘 지른다. 따져보면 소리 지르기는 평상시에 별 쓸모가 없다. 쓸모가 없어서 우리는 대체로 조용히 있는 걸까? 아니면 소리 지르는 걸 포기하고 체념했나? 어떤 이유인지는 정확하게 알 수 없지만 나는 소리 지르기가 하고 싶었다. 그리고 나는 어떤 것이든 체념하지 않았다.

민수와 약속을 잡았고 약 일주일 뒤 우리는 회사 앞 공원에서 만났다. 그는 러닝화부터 시작해 반바지, 상의까지 온통 검은색으로 차려 입었다. 멋있었다. 나는 그에게 인사했다.

"안녕, 요즘 어때? 별일 없었어?"

"응, 똑같지 뭐."

"요즘 달리기 좀 했어? 안 하는 것 같던데, 왜 달리기 안 해?"

"해, 근데 예전보단 많이 안 달려. 연기에 시간을 더 많

이 쓰고 싶어서!"

그는 배우답게 얼굴과 몸이 나보다 훨씬 뛰어났지만 생기발랄함에 있어선 내가 그보다 나은 것 같았다. 그렇지만 그에겐 생기발랄함이 없어도 아무 지장 없었다. 공원으로 가는 길에 스친 몇몇 사람이 그를 흘끔흘끔 쳐다봤다. 그는 무심했다. 분위기를 바꿔야 했다. 그에게 말을 걸었다.

"오늘 두 바퀴 돌자. 12킬로미터. 6분 30초 페이스에서 시작해 5분 30초로 끝낼 거야. 나 좀 끌어줘."

"그래."

그는 잘 달린다. 마라톤 풀코스 최고 기록이 세 시간 10분 그 언저리다. 그는 또 나 같은 초보자와 속도를 맞춰 달릴 줄 안다. 그 초보자가 "좀더 빨리!"라고 하거나 "좀더 천천히"라고 해도 거기에 잘 맞춰준다. 인내심이 좋다. 길거리에서건 어디에서건 절대 소리 지를 인상과 성격이 아니다. 우리는 달리기 시작했다. 느린 속도였다. 숨이 차지 않았고 그래서 우리는 달리면서 얘기했다.

"너는 평소에 소리를 지르니? 헉, 헉."

"아니. 여자친구가 나보고 '오빠는 차가운 사람이야'라고 했어."

"그렇지. 헉, 헉. 차가운 사람은 헉, 헉. 소리를 잘 헉,

혁. 지르지 않지 혁, 혁. 소리 지르는 혁, 혁. 연기는 혁, 혁. 해본 적 혁, 혁. 없나 보지? 혁, 혁."

"응. 드라마나 영화에서도 소리 지르는 역할은 많지 않은 것 같은데?"

"그래, 혁, 혁. 조금 있다가, 혁, 혁. 소리 한 번, 혁, 혁. 질러보자. 혁, 혁."

"그래."

숨이 차기 시작했다. 목구멍이 닫힌 느낌이었다. 공기가 몸속으로 제대로 들어오지 못하고 있는 기분이었다. 우리 주위엔 아무도 없었다. 나는 갑자기 소리를 질렀다. "우아아아!" 목구멍이 아주 조금 열린 것 같았다. 몇 초간 정적이 흘렀다. 나는 어색함을 깨기 위해 말을 꺼냈다.

"어때? 혁, 혁. 깜짝 놀랐지? 혁, 혁."

"어, 좀 놀랐어."

그러자 그도 소리를 질렀다. "야아아아!" 분위기가 다시 어색해졌다. 나는 웃음이 나왔다. 내 목소리가 웃기다고 생각했다. 고양이가 힘을 주고 "야옹" 하는 느낌이었다. 10여 년 전 김자비 선수의 기합처럼 굵고 힘찬 목소리가 나올 줄 알았는데 부끄러웠다. 모른 척하고 계속 달렸다.

한 바퀴를 거의 다 돌았을 무렵, 주위에 사람이 없다는 걸 확인한 다음 또 소리 질렀다. "우아아아아!" 이번에는 목구멍이 더 열린 기분이었다. 전보다 더 배에 힘을 줬다. 목소리가 살짝 굵게 나왔다. 이번에는 덜 창피했다. 민수도 소리를 질렀다. "야아아아!" 이상했다. '풉' 하고 웃음이 나올 듯한 분위기였는데 우리는 아무 말 없이 달렸다. 나는 어색함을 참지 못하고 말했다.

"이번에 내 목소리 어땠어? 헉, 헉."

"음, 아까보단 약간 굵어진 것 같은데."

소리 지르기는 땀을 흘리는 것과 비슷한 걸까? 아니면 부항으로 나쁜 피를 뽑는 것과 같은 효과인 걸까? 집에서 오랫동안 보관했던 음식물쓰레기를 마침내 음식물쓰레기통에 갖다 버린 기분이었다. 용기가 좀 생겼다. 달리기 속도도 빨라졌다. 바람이 느껴졌다. 민수도 목구멍이 열린 걸까? 갑자기 말을 하기 시작했다.

"옛날에 10킬로미터 경기에 나가서 30분 대로 끝낸다고 엄청나게 빨리 달렸던 기억이 나네. 나 그때 정말 빨랐어. 반환점을 돌고 골인지점으로 가는데 반대편에서 달려오는 아는 사람들과 마주칠 때마다 억지로 환하게 웃었어. 굉장히 힘들었는데도 웃었어."

그때 민수는 속으로 이날처럼 소리를 질렀던 모양이었다. 나는 숨이 차서 대꾸하지 않았다. 길이 어둠 속에 묻

혔다. 사방이 깜깜한 가운데 강변북로로 차 다니는 소리만 요란했다. 나는 또 소리 질렀다. "우아아아!" 민수도 소리 질렀다. "야아아아!" 우리는 경쟁하듯 소리 질렀다.

"우아아아!" "야아아아!"

우리는 발을 맞추면서 달렸다. "착, 착, 착." 호흡도 그 리듬에 맞췄다. 속도가 빨랐지만 견딜 만했다. '이건 힘든 게 아니야. 숨이 쉬어지잖아?' 생각하면서 리듬을 깨지 않으려고 했다. "착, 착, 착!" 속도는 더 빨라졌다. 나는 다시 소리쳤다. "우아아아!" 소리치는 것이 '나'라고 생각되지 않았다. 속에서 불쑥 튀어나온 어떤 것이 입을 크게 벌리고 주위의 공기를 모조리 빨아들이는 것 같았다. 목구멍이 완전히 열린 기분이었다. 나는 민수한테 말했다.

"이번엔 내 목소리가 좀 멋있었던 것 같아. 헉, 헉, 헉!"

민수가 대답했다. "그래, 좀더 굵어진 것 같네."

우리는 두 바퀴를 다 돌았다. 마지막엔 전속력을 냈다. 골인! 허벅지가 팽팽해졌고 땀이 왕창 쏟아져 옷이 다 젖었다. 뇌를 꺼내어 깨끗하게 씻은 것 같았다. 우리가 날린 소리는 지금쯤 어디까지 갔을지 생각했다.

등산 좋아

글·그림 윤성중

1

제 주변 많은 사람들이 등산을 싫어합니다.

왜? 산에 갈래?

산에 갈래?

아니

이상한! 산에 갈래?

2

그들이 산에 오르는 걸 싫어하는 가장 큰 이유는 '힘들기' 때문 입니다.

힘 들 어

3

맞습니다. 산에 가기 위해선 평소보다 많은 힘을 써야 합니다.

힘을 좀 챙겨야 겠다

흥

흥 가져와

4

산은 아파트 건물보다 높습니다. 정상까지 오르는 길은 대부분 가파른 오르막으로 이뤄져 있습니다.

5

그 오르막을 오르는 일은 대단히 귀찮고 때로 어렵습니다.

어이쿡!

여깅 지나가겠다고?

경사 45도

6

또 산에는 편의점이나 작은 매점 같은 사람을 위한 편의시설이 거의 없습니다. 그로 인해 준비해야 할 게 많습니다.

지리산

저는 대피소를 갖고 있어요!

대피소

저는 생수하고 햇반을 갖고 있어요

하지만 산에 가면 좋습니다.
(제 입장에선 분명히!)

산에는 나무와 풀이 가득합니다.
덕분에 도시와는 공기가 다릅니다.

나무와 풀이 둘러싼 이상한 공간도
많습니다. 이 공간들은 상상력을 자극합니다.

높은 곳에서 내려다보는 풍경도 좋습니다.
이것은 마치 재미있는 TV 프로그램을 보는 것과
비슷합니다. 오랜 시간 봐도 질리지 않습니다.

산속에서 오래 걷거나 이따금 텐트를 치고
자는 일 또한 색다른 기분을 느끼게 합니다.

나무들이 빽빽한 숲에서 스마트폰 속의 위성지도 대신
종이 지도를 보면서 길을 찾는 것도 아주 재미있
습니다.

무엇보다 산에서는 또 다른 '나'를 만날
가능성이 큽니다. 이것 또한 매우 흥미로운
일입니다.

자, 이번 주말 산에 한번 가볼까요? 꼭대기
까지 가지 않아도 됩니다. 시속 1km 속도로 아주 천천히
걸어도 상관없습니다. 자주 입는 운동복과 편안한
운동화, 가벼운 마음만 챙기세요!

281

첫 산행, 아주 느리게!

글·그림 윤성중

1. 산에 가고 싶은데, 뭐부터 해야 할지 모르겠죠? 자, 잘 보고 따라 하세요.

아~ 산에 가고 싶은데..

귀엽되지

2. 먼저 어느 산을 갈지 정합니다. 네이버나 카카오 지도를 켜고 집과 가장 가까운 곳으로 고르세요.

네이버

카카오

북한산

음, 어디가 좋을까?

3. 다음, 코스를 정합니다. 네이버나 카카오 지도, 여러 블로그, SNS를 보고 어떤 코스가 적당한지 살펴봅니다.

북한산에서 가장 쉬운 길

좋아! 북한산 으로!

4. 다음, 친구에게 전화하세요. 함께 산에 갈 사람을 찾습니다. 시간이 많이 걸릴 수 있는데, 계속 시도합니다. (혼자보다 둘이 좋습니다!)

야, 감쥐야 북한산 가자!

뭐? 산?

5. 다음, 계절에 맞춰 옷을 입으세요. 면 티셔츠나 면바지, 청바지 등은 입지 마세요!

청바지는 좀 그런데...

6. 다음, 간식을 준비하세요. 가벼운 것으로요. 편의점에서 파는 김밥이나 빵, 죽이 좋습니다.

자~ 들어오세요

드디어 산 입구에 도착했다면 천천히, 아주 천천히 오르막을 오릅니다.

오르막을 오르다가 힘들면 자주 멈춰서 쉬세요. 굳이 정상까지 가지 않아도 됩니다!

친구와 이야기를 나누세요. 평상시 하지 않았던 질문들을 하세요. 이야기를 나누다 보면 힘든 오르막을 금방 오를 거예요.

마음껏 경치를 즐기세요. 몇 시간 동안 앉아서 느긋하게 구경해도 됩니다.

수첩과 볼펜을 꺼내세요. 경치를 구경하면서 생각한 것들을 적거나 그리세요. 산행이 더욱 특별해집니다.

오후 3시쯤 내려갈 준비를 합니다. 정상에 굳이 안 가도 됩니다!

천천히 내려가세요. 이때 등산용 스틱이 있으면 좋습니다.

마지막, 산 아래 맛집으로 가세요! 친구와 즐거웠던 산행에 관해 마음껏 수다를 떠세요.

등산 시렁

ⓒ윤성중, 2024

초판 1쇄 발행 2024년 12월 6일

지은이 윤성중

펴낸곳 (주)안온북스 펴낸이 서효인·이정미
출판등록 2021년 1월 5일 제2021-000003호
주소 서울시 마포구 월드컵로14길 28 301호 전화 02- 6941-1856(7)
홈페이지 www.anonbooks.net 인스타그램 @anonbooks_publishing
디자인 오혜진 제작 제이오

ISBN 979-11-92638-50-8 (03810)